Assia
Djebar

Durst

Zu diesem Buch

»›Durst‹ hat die Poesie der Mobilität, der einsamen Fahrten in schnellen Autos auf Küstenstraßen, die Poesie alter Farbfilme. Das Ungesagte erscheint als die große Kunst dieses Buches, eine nachreifende, jetzt erst genießbare Kunst.« *Stefan Weidner, Frankfurter Allgemeine Zeitung*

»In ihrem teilweise grell brodelnden Debutroman deutet Assia Djebar bereits alle Themen und Stilelemente an, die ihre folgenden Werke prägen sollten. Mit der hoch differenzierten Skizzierung Nadias zwischen Freiheitsdrang und erotischer Besessenheit ist ihr schon als junger Autorin ein psychologisch höchst eindringliches Stück Literatur gelungen. Auch die Sprache weist schon auf die spätere Schnitt-Technik, das szenische Erzählen. Ein Stil so kraftvoll, direkt und unverblümt, so klar und schneidend, wie ihn mit einundzwanzig nur ein großes Schriftstellertalent besitzt.«
Dirk Fuhrig, Frankfurter Rundschau

»Raffinesse, Boshaftigkeit und Wahnsinn gehen eine Mixtur ein, die an jeder Station des Erzählverlaufs immer wieder neue Überraschungen bereit hält. ›Durst‹ ist ein Text von vibrierender Spannung.«
Beatrice Eichmann-Leutenegger, Neue Luzerner Zeitung

Die Autorin

Assia Djebar, 1936 in Algerien geboren, Schriftstellerin, Historikerin, Filmemacherin, ist die bedeutendste Autorin des Maghreb. 1996 wurde ihr der Neustadt-Literaturpreis verliehen, 2000 der Friedenspreis des Deutschen Buchhandels.

Im Unionsverlag sind außerdem lieferbar: »Fantasia«, »Fern von Medina«, »Die Frauen von Algier«, »Nächte in Straßburg«, »Oran – Algerische Nacht«, »Die Schattenkönigin«, »Die Ungeduldigen«, »Weißes Algerien« sowie »Weit ist mein Gefängnis«.

Assia
Djebar

Durst

Aus dem Französischen von
Rudolf Kimmig

Mit einem Nachwort von
Clarisse Zimra

Unionsverlag
Zürich

Die Originalausgabe erschien 1957 unter dem Titel
La Soif bei René Julliard, Paris.
Die deutsche Erstausgabe erschien 1993 unter dem Titel
Die Zweifelnden im Wilhelm Heyne Verlag, München.
Für die vorliegende Ausgabe wurde
die deutsche Übersetzung von Alice Grünfelder
vollständig überarbeitet.
Sie erschien erstmals 2001 im Unionsverlag, Zürich.

Im Internet
Aktuelle Informationen,
Dokumente, Materialien
www.unionsverlag.ch

Unionsverlag Taschenbuch 234

Rieterstrasse 18, CH-8027 Zürich
Telefon 0041-1-281 14 00, Fax 0041-1-281 14 40
mail@unionsverlag.ch

Umschlaggestaltung: Heinz Unternährer, Zürich
Umschlagbild: Olivier Dassault
Druck und Bindung: Clausen & Bosse, Leck
ISBN 3-293-20234-9

Die äußeren Zahlen geben die aktuelle Auflage
und deren Erscheinungsjahr an:
1 2 3 4 5 - 05 04 03 02

»Die eine Hälfte meines Ichs verspottet die andere.«
Joubert

Erster Teil

1

Niedergeschlagen, aber auch lustlos begegnete ich diesen Sommer der blendenden Sonne von M. und den üblichen Urlaubern, die in Haufen zusammengeballt in der glühenden Hitze lärmend paradierten, sich ganz ihrer Blöße hingebend. Wie jedes Jahr würden sie drei Monate in M. bleiben, um nur ja auch ein wenig von der guten Jahreszeit mitzubekommen.

Ich selbst träumte vormittags im heißen Sand und während der langen Siesta am Nachmittag in meinem Bett vor mich hin. Die Nächte dagegen waren kühl, klar, und da war auch diese Stille. Irgendein bitterer Geschmack hatte sich diesen Juli und hier am Strand wie eine Frau ausgebreitet. Dieses Gefühl war stärker als ich.

Dabei litt ich normalerweise weder an Trübsal noch an Weltschmerz. Ich war gerade zwanzig geworden. Das letzte Jahr war vorübergeglitten wie die vorhergegangenen. Die üblichen Vergnügungen, die Mädchen aus meiner Schicht zugestanden wurden, hatten das Jahr gegliedert: Hin und wieder hatte ich in mehr oder weniger regelmäßigen Abständen mit Freunden die Kinos und Kasinos von Algier besucht, hatte mit ihnen an regnerischen Sonntagen Überraschungspartys gefeiert und an Autorennen teilgenommen, bei denen die Wagen im Wind so nervös zuckten wie junge Pferde. Jetzt war nichts als Leere in mir. Ich kenne das verwirrende Erwachen nach Partys morgens und die süße Schwere. Bloß weil wir die langen Nächte vertrieben haben, in denen wir einfach nur feierten, zu viel Zigaretten rauchten und

Jazz hörten, empfing mich die graue Morgendämmerung mit schwerem Kopf und müden Gliedern.

Und heute hier dasselbe Stocken, der tiefe Brunnen, in den ich mich fallen lasse wie in einem langen Stöhnen.

Mein Vater, der geschäftlich nach Frankreich verreist war und anschließend dort eine Kur machen wollte, hatte mich nur ungern allein zurückgelassen. Er hielt meinen Trübsinn für Verzweiflung, da ich zwei Monate zuvor meine Verlobung ohne ersichtlichen Grund aufgelöst hatte. Nur nachsichtig hatte ich gelächelt. Er hätte eigentlich sehen müssen, dass ich weder vor Ungeduld verging noch Liebeskummer hatte – nicht einmal Tränen vergoss. Doch ich verzieh ihm seine Blindheit, die wohl auf seine Sorgen um mich zurückzuführen war. Nur von ihm bekam ich Zärtlichkeit, die wahrhaftige Zärtlichkeit eines Mannes, die mich wie ein Fieber umfing.

Er hatte mich der mütterlichsten meiner Schwestern anvertraut, Myriem, die beschäftigt war mit ihrer neuerlichen Schwangerschaft. Ich mochte diesen abwesenden Ausdruck nicht, der ihr Gesicht vereinnahmte. Ihre beiden Jungen, vier und zwei Jahre alt, lärmten ohne Unterlass. Sie erinnerten mich zuweilen an ihren Vater, dessen kleinkarierte Haltung und spöttische Augen ich hasste. Glücklicherweise arbeitete er tagsüber in Algier und kam abends erst spät zurück. Ich fühlte mich allein in dem großen Haus, allein auch in meiner Müdigkeit.

Es war ein heißer, ja erstickender Sommer. Abends, wenn vom benachbarten Wald der Wind den Duft des Eukalyptus zu uns herübertrug, nahm ich häufig meinen Wagen – mein verschwiegener Komplize, dem ich meine Freiheit verdankte – und fuhr, bis ich müde wurde, auf ruhigen

Straßen, die von den Strahlen der untergehenden Sonne blutrot gefärbt waren. Ich mochte diese traurige Trunkenheit der ruhigen Sommerabende. Ich liebte meine Einsamkeit – und meinen Körper, der in das ruhige Meer eintauchte, in einer verborgenen Bucht, der rund geschliffene Kieselsteine etwas Verwegenes verliehen. Das Wasser war durchsichtig und frisch wie meine Jugend.

Mit feuchten Haaren und Salz auf den Lippen ging ich zurück: mein einziger glücklicher Moment. Beinahe hätte ich gesagt: mein einziger friedlicher Augenblick, um diese wohltuende Schwere zu bezeichnen, die auf meinen Gliedern lastete und meinen Geist reinigte. Doch ich fürchte den Ernst des Wortes Frieden. Es war einfach nur die Harmonie zwischen diesem strahlend vergehenden Tag, der unendlich langsam zu Ende ging, und meinem schwerfällig gewordenen, bitteren Leben.

Ruhig, oberflächlich und leer war mein Leben. Ich war zwanzig Jahre alt, zynisch und ernüchtert. Nur mein Scharfsinn verschaffte mir Befriedigung, wenn ich so nachdachte und von meinen einsamen Spaziergängen nach Hause zurückkehrte. Selbst mein Wagen langweilte mich neuerdings. Geschwindigkeit ist ein Rausch, der schnell nachlässt.

Nur in Hosen und Sandalen war ich an diesem Abend durch einen recht starken Verkehr gefahren. Die Dunkelheit war noch nicht ganz hereingebrochen, als ich langsam in einen Pfad einbog, der um eine schmutzig graue Villa herumführte, die ganz in einem großen Garten versunken war, der direkt neben unserem lag.

In diesem Augenblick sah ich sie. Direkt vor mir verließ sie den Garten und lief auf dem staubigen, immer noch sonnenbeschienenen Pfad. Es war eindeutig ihr schmales Gesicht, das Gesicht einer Königin, ihre lang gebogenen Augen unter dicken Wimpern. Ich rief ihren Namen: »Jedla!« Meine Stimme klang erstickt; Erinnerungen, die in mir aufstiegen, hatten mir plötzlich Angst eingeflößt.

Sie lächelte mich müde an, ohne Enthusiasmus. Seit vier Jahren hatte ich sie nicht gesehen. Trotzdem begriff ich in dieser Minute, dass ihre dunklen Augen immer in mir waren, inmitten verwirrter Gefühle. Ich spürte mein Herz schlagen.

Ein zögerliches Schweigen stand zwischen uns, nachdem wir uns höflich die Hand gereicht hatten. Ihre ersten Worte versetzten mir einen leichten Schreck: Sie hatte immer noch diese raue Stimme, die sie als Achtzehnjährige so ungewöhnlich ernst hatte erscheinen lassen. Im Augenblick konnte sie ein Feuer in ihren noch dunkler gewordenen Augen nur schwer unterdrücken, die aus ihrem bleichen Gesicht hervortraten.

Jedla hatte zehn Monate zuvor einen Journalisten geheiratet. Sie hatten ihre Pariser Wohnung aufgegeben und sich in Algier niedergelassen. Zur Zeit verbrachten sie in der Villa eines Freundes in M. ihre Ferien. Während sie sprach, schauten ihre Augen ins Leere, sie wirkte zerstreut.

Ich hörte ihr zu und beobachtete dabei nur ihr Gesicht. »Jedla«, flüsterte eine Stimme in mir, beinahe klagend, fühlte sich schuldig ... Ich erinnerte mich an das letzte Jahr im Internat, an das Gymnasium in der Kleinstadt, an Jedlas Freundschaft, ihre Gegenwart, die mir so angenehm war. Und an ihren Blick, als sie mir vor den Toren des Gymnasiums ihre Ablehnung entgegenschrie, da ich mich in die Arme des nächstbesten jungen Mannes geflüchtet hatte, den ich schön fand – dieser harte Blick, mit dem sie mir ihren Schmerz, vielleicht auch ihren Hass entgegenschleuderte. Ich hielt ihrem Blick stand und lächelte sie herausfordernd an. Wortlos drehte sie mir ihren Rükken zu. Ihre Kälte und Verachtung blieben bis zum Ende dieses schönen Jahres, schön, weil sie da war, mit diesem Strahlen in ihren Augen, ihrem Schweigen, ihren Träumen. Und mit ihrem Geheimnis.

Sie lud mich nicht ein, die Villa zu betreten; die Tatsache, dass wir Nachbarinnen waren, rang ihr kein Versprechen ab. Ich hingegen bat sie, mich zu besuchen. Ich war glücklich, sie wieder gefunden zu haben. Jedla wusste das, antwortete aber nur mit einem »Vielleicht«. Mit banalen Formeln verabschiedeten wir uns. Ihr scheues Gesicht prägte sich mir ein, und ich spürte, wie die Vergangenheit, die ich vergessen geglaubt hatte, wieder schwer auf mir lastete.

Nach dem wie üblich lärmigen Abendessen verklangen die letzten Stimmen nach und nach in nächtlicher Frische, und während die anderen ins Bett gingen, blieb ich auf der Veranda und träumte lange im Dunkeln. Gegen meinen Willen blieb mein Blick immer wieder an der zerklüfteten Schilfrohrhecke hängen, die uns von dem grauen Nachbarhaus trennte.

Als ich mich in der letzten Zeit manchmal in dem kärglichen Schatten einiger von der Sommerhitze verbrannter Bäume unseres Gartens ausgestreckt hatte, wie ich es gerne tat, hatte ich die Stimmen unserer Nachbarn häufig vernommen. Ganz in der Nähe des Schilfrohrs war mein liebster Platz: ein alter Zitronenbaum, an dessen knorrigen Ästen früher die Schaukel befestigt war, auf der ich als Kind viel Zeit verbracht hatte. Heute waren die Äste fast alle abgesägt, und der Stamm ragte steif wie ein Holzbein empor. Ich legte mich häufig um den Baum herum in den schmalen Schatten und dämmerte viele Stunden vor mich hin, sehnte mich nach etwas frischer, kühler Luft. Meine Kehle war trocken, ich fühlte mich wohl, so wohl in dieser Lethargie! Ich stöhnte vor Lust. Oft hatten mich die hinter der Hecke lachenden Stimmen aufgeschreckt, aber ich hatte nicht weiter darauf geachtet, obwohl mir die helle Männerstimme gefiel. Am Vorabend hatte die gleiche Stimme erstaunlicherweise ein gutturales Arabisch gesprochen wie die Leute im Süden. Mein Erstaunen war mehr als gerechtfertigt: Der Strand, an dem unser Haus lag, wurde ausschließlich von Siedlern mit ihren Frauen, manchmal von Funktionären besucht, alles Europäer. Wir waren die einzigen Einheimischen. Doch meine helle Haut und mein emanzipiertes Auftreten täuschten die meisten über meine arabische Herkunft hinweg. Diejenigen, die mich kannten, dachten häufig an meine Mutter, eine Französin, die bei meiner Geburt gestorben war. Mein Vater hatte mich, wie man damals sagte, »europäisch« erzogen. Ich konnte sie nicht ignorieren, ich war eine von ihnen. Ich wusste es, und mein Schwager auch, der im Dunkeln meine Hosen und den roten Punkt meiner Zigarette sah.

Ich hatte diese Männerstimme dennoch gemocht, die ein wenig grob, ein wenig brutal klang. Jetzt, da ich wusste, dass sie an Jedla gerichtet war, war ich sprachlos. Dabei passte diese Stimme zu ihrem reinen Gesicht, so wie ich es in meine Erinnerung eingegraben hatte, in jenem Jahr meines Erwachsenwerdens, das auf einmal wieder in mir aufstieg, so schwer. Den Erinnerungen, die gerade über mir zusammenschlagen wollten, konnte ich nur ein müdes Lachen entgegensetzen.

Als ich in mein Zimmer ging, bemächtigte sich die Stille des Hauses meines Körpers – eine außergewöhnliche Stille, die mir unbekannt war. Bevor ich einschlief, wurde mir alles klar.

Der Sommer hätte einfach so weitergehen können, sich im Leeren verflüchtigen wie mein Leben, das nur von der stumpfsinnigen Trunkenheit der Hitze und dem grausamen Blau des Meeres erfüllt war. Jedlas glühender, stummer Blick hatte es vermocht, mit einem Schlag den Stunden, die ich vor mich hindämmernd im heißen Sand oder fliehend auf den sommerlichen Straßen verbrachte, dem allem plötzlich ein Ende zu bereiten. Ich wusste nun, dass die Langeweile und die Einsamkeit zu Ende gegangen waren.

2

Am nächsten Morgen traf ich beide. Ich verließ den Schatten, um zum Strand zu gehen. Von weitem entdeckte ich die beiden auf dem Pfad, der um ihren Garten führte: sie immer noch wie von fern, und von ihm sah ich nur die hohe, leicht gebeugte Gestalt. Schnell ging ich an ihnen vorbei, beinahe fliehend, denn sie schüchterten mich plötzlich ein. Ich hatte gerade genügend Zeit, Jedlas Blick auf mir zu spüren und die Andeutung eines schwachen Lächelns wahrzunehmen. Das war alles. Doch ich sollte noch lange von diesem Paar träumen – das wusste ich bereits in diesem Augenblick –, das langsam auf mich zugegangen war und sich dann ebenso langsam abgewendet hatte, zwei Spaziergänger, die ganz auf ihren Weg konzentriert waren.

Und ich dachte an das Glück, das ich mir wie diesen stolzen Ernst, wie dieses Schweigen in den verschlossenen Gesichtern der beiden vorgestellt hatte, als sie auf dieser Straße kehrtmachten.

Dieser Sommermorgen war recht frisch. Die Windböen falteten das Meer in kleine, graugrüne Wellen. Im kalten Wasser wollte ich diese Begegnung vergessen. Meine aufkommende Neugier beschämte mich; ich empfand sie als krankhaft. Und spottete über diese eifersüchtige Lust einsamer Weibchen. Im schillernden Wasser, auf dem schwer die Sommersonne ruhte, wurde ich mit mir nachsichtiger.

Entspannt kehrte ich zum Mittagessen zurück und konnte sogar das Geschwätz meiner Schwester ertragen. Myriem war während der letzten Zeit recht nervös gewesen und sprach nur von ihren ständigen Streitereien mit ihrer Schwiegermutter. Mein Schwager aß bei seiner Mutter in Algier zu Mittag. Die beiden Frauen, die sich nicht sonderlich mochten, pflegten auf diese Weise ihre Eifersucht. Dabei war meine Schwester eigentlich sanftmütig, vielleicht ein wenig egoistisch, aber keineswegs bösartig. Dafür war sie einfach nicht zäh genug. Warum hatte ihr Gesicht plötzlich so harte Züge? Woher kamen ihre spitzen Worte? War ihre Liebe zu ihrem kurzsichtigen Gatten mit den laschen Schultern eines Beamten mit so viel bitterer Galle durchsetzt?

Dabei gefielen mir die ziemlich bösartigen Verleumdungen Myriems. Sie rissen mich aus meinen düsteren Träumen. Ich beschloss, mir mein zynisches Mäntelchen wieder umzuhängen. Und hatte plötzlich Lust, den Wagen zu nehmen. Oder an einen Mann zu denken.

Ich war ein verwöhntes Kind – verwöhnt nicht nur von meinem Vater, sondern auch vom Glück. Das war mir immer bewusst gewesen. Sobald ich einen geheimen Wunsch hatte, so unbestimmt er auch war, kamen mir die Umstände zu Hilfe.

So war ich nicht weiter erstaunt, an diesem Tag Hassein zu begegnen. Ich kam gerade vom Meer zurück. Meine Haare waren noch nass, und ich lief barfuß, als plötzlich ein Wagen neben mir bremste. Fröhlich lächelnd strahlte ich Hassein an, denn ich freute mich immer, ihm wieder zu begegnen. Einige Minuten später saßen wir auf der Terrasse eines Cafés mit Blick auf das Meer.

»Sie sind noch schöner geworden«, meinte er. »Mit Ihren langen blonden, noch feuchten Haaren sehen Sie aus wie eine … Sirene.«

Ich unterbrach den Schwall seiner Komplimente. Der freundschaftliche, leicht spöttische und offen ironische Ton gefiel mir. Seit langem hatten wir uns darauf verständigt, ich sei ein kokettes Mädchen und er ein Mann ohne Illusionen, was unsere Beziehung erleichterte. Nach jedem Treffen waren wir zufrieden, unsere Rollen gut gespielt und den leicht bösartigen Unterstellungen des anderen etwas entgegengesetzt zu haben. Das war aufregend genug.

Er neckte mich weiter, und ich lachte aus vollem Hals, ohne ihn herausfordern zu wollen.

»Nein, hab ich Sirene gesagt? Nein, viel eher einer Hexe, einer charmanten natürlich.«

»Wenn Sie mir schon Komplimente machen, dann wenigstens in einem überzeugten Ton! Doch erzählen Sie von sich. Was ist aus Ihnen geworden?«

»Meine Rechtsanwaltskanzlei läuft überraschend gut, daher gönne ich mir vierzehn Tage Urlaub. Da ich mich jedoch nicht zu weit von Algier entfernen kann, bin ich hierher gereist. Ich komme gerade aus dem Hotel, und wen treffe ich als Erste? Sie! Muss ich Ihnen erst sagen, dass mein Herz vor Freude hüpft?«

Wir lachten zusammen. Ich war glücklich, dass er gekommen war, denn ich hatte begonnen mich zu langweilen. Ich sagte es ihm ohne Umschweife. Hassein gegenüber konnte ich laut denken und alles vor ihm ausbreiten, was ich für Zynismus hielt. Alles war wunderbar einfach. Dabei bewunderte ich seine geschickte Art, mir auszuweichen. Seine Ironie glitt wie Wasser zwischen meinen Fingern hindurch.

Ich schaute ihm verträumt nach, als er Zigaretten holen ging. Hassein war kein schöner Mann: Seine Haut war zu dunkel, sein Körper zu untersetzt und zu wenig geschmeidig. Seine durchdringenden Augen und den tanzenden Schimmer in seinem Blick liebte ich dagegen sehr. Er wirkte, als sei er ständig auf der Hut. Seine zu schmalen Lippen verliehen seinem Lächeln etwas Schneidendes, Grausames.

»Nadia, woran denken Sie?«, fragte er mich, als er zurückkam.

»An Sie!«

Ich saß ihm gegenüber, und ohne es zu wollen und ganz wie ich es immer tat, weiteten sich meine Augen und täuschten Unschuld vor. Ich hielt sofort inne. Das Gespräch plätscherte vor sich hin, bis er sich mir auf einmal zuwandte und im Tonfall eines Prüfers fragte: »Ich habe erfahren, dass Sie Ihre Verlobung gelöst haben …«

Mit diesem einfachen Satz ließ er mir keine andere Wahl, als weit hinter mich zu schauen und mich mit meiner Vergangenheit zu beschäftigen. Und das wollte ich auf keinen Fall. Ich fand meine Gleichgültigkeit wieder und versuchte, von der »Affäre« zu sprechen, wie mein Schwager das Ganze bezeichnete. Gleichzeitig spürte ich tief in mir einen kleinen Riss, eine Frage, die mich selbst betraf.

»Sie sind der Grund!«

Manchmal halfen mir meine Unverschämtheit und meine immer provozierende Offenheit selbst über große Schwierigkeiten hinweg.

Er antwortete mit einem tragischen Unterton: »Welcher Umstand verschaffte mir die nicht zu überschätzende Ehre, einen Platz in ihrem Herzen zu gewinnen, wenn auch nur indirekt?«

Weil seine Stimme ironisch klang und weil seine Augen lauerten wie die einer Katze, wusste ich, dass das

Spiel von neuem begann. Die Verwirrung, die mich überkam, entsprang der Vergangenheit, für die ich mich jetzt interessieren sollte. Und sie hatte auch mit der Anwesenheit dieses Mannes zu tun und dem ewig gleichen Spiel zwischen uns. Wir würden uns wieder hinter Masken verstecken und die Täuschungen aufnehmen.

Ich hörte, wie ich so sachlich wie möglich sagte: »Als ich nach den Osterferien mit meinem Vater von Paris nach Algier zurückkehrte, wusste die gesamte Familie meines Verlobten bereits, dass wir beide nachts gemeinsam ausgegangen waren und getanzt hatten – Gott allein weiß, wer ihnen das erzählt hat. Der ideale Vorwand für meine zukünftige Schwiegermutter, üblen Klatsch und bösartige Nachreden über mich zu verbreiten. Ein Skandal innerhalb der bürgerlichen Kreise Algiers. Dann sprach Said mit mir. Vernünftig wie immer bat er mich, niemals mehr mit einem anderen auszugehen, nicht einmal mit Ihnen, obwohl Sie ein alter Freund der Familie sind. Er ›verstünde‹ mich und sei keineswegs eifersüchtig, doch müsse man die Sitten und Bedürfnisse unserer Gesellschaft berücksichtigen und Konzessionen machen. Alles in allem war er für einen Algerier sehr vernünftig und gemäßigt. Vielleicht ein wenig zu gemäßigt. Ich hätte es vorgezogen …«

Ich brach mitten im Satz ab, als mich meine beginnende Erregung selbst überraschte.

»Was hätten Sie vorgezogen?«, fragte Hassein.

»Oh … Ich weiß nicht … nichts.«

Eine Sekunde lang wollte ich aufrichtig sein, mich öffnen, ihm gegenüber, mir gegenüber, stillhalten. Doch dann zuckte ich nur mit den Achseln. Was nützte mir schon meine Hellsichtigkeit?

»Ich habe bereits alles vergessen. Es ist nicht der Rede wert. Letztlich bin ich glücklich, mit diesem Mann, mit seiner Familie, mit dieser Bande reicher, trauriger und plump frivoler junger Männer gebrochen zu haben.«

Das, was der Vergangenheit angehört, das, was tot ist, hat mich noch nie interessiert. Eigentlich hätte ich mich selbst beobachten, in mich gehen müssen, doch diese Art geistiger Übungen langweilte mich. Ich wollte nur eines: wenigstens ein einziges Mal einen Mann vor mir haben, der ruhige Kraft und Zärtlichkeit ausstrahlte, bei dem ich Zuflucht finden konnte. Ich warf einen Blick auf Hassein. Zwar verachtete ich diesen Mann nicht, ganz im Gegenteil. Doch ich sah an ihm nur die schmalen Lippen und sein schwaches Lächeln, seinen Blick, der mich unnachsichtig beobachtete. Ich träumte von einer heißblütigen Männlichkeit, die beruhigt. Hassein machte sich über mich lustig, ohne gemein zu werden, das war im Augenblick genug.

»Ich finde es sehr viel angenehmer, dass Sie keine ehelichen Verpflichtungen haben …« Er schnitt eine komische Grimasse. »… Wenn ich daran denke, dass Sie um ein Haar heute schon eine Ehefrau wären!«

Er seufzte ostentativ.

»Und nun?« Ich provozierte ihn ungeschickt, und als mir dies bewusst wurde, war ich unzufrieden mit mir.

»Und nun?« Er hatte meine Worte heftig wiederholt und dabei die Brauen hochgezogen. Dabei verriet sein Gesicht mehr als den üblichen Spott, ohne dass ich gewusst hätte, was es war.

Er beugte sich zu mir. »Liebe Nadia, ist Ihnen eigentlich schon einmal aufgefallen, wie idiotisch, wie entsetzlich dumm Jungverheiratete aussehen?«

Als er zufrieden aufstand, weil er mit einer sprachlichen Pirouette das Gespräch abgeschlossen hatte, dachte ich zum ersten Mal seit einigen Tagen wieder an Jedla, an das stolze Paar auf dem Weg, an das glückliche Lachen im Garten. Ich sagte nichts.

Die folgenden Tage verbrachten wir immer gemeinsam. Ich entdeckte seine beruhigende Freundschaft. Während meiner Jugend hatte ich geflirtet. Nun vergnügte ich mich mit fröhlichen Kindereien, spontanen Unternehmungen und Gesprächen. Ich blieb nicht mehr faul neben anderen, schlaffen Körpern im Sand liegen, die sich von der Sonne verbrennen ließen.

Hassein schwamm gut, und zusammen wagten wir uns regelmäßig weit hinaus ins offene Meer. Die erste Woche nach seiner Ankunft verbrachten wir mit einer unbeschwerten Fröhlichkeit. Ich fand die einfachen Vergnügungen wieder, die mir früher so wichtig gewesen waren, das Meer, den Jazz in lärmenden Cafés, die Autorennen.

Die Tage verstrichen schnell. Ich fühlte mich jung und schön und war Hassein dankbar, dass ich seinetwegen meine Unbekümmertheit wiedergewonnen hatte. Wie gerne wäre ich ein Mann gewesen, sein ›Kumpel‹, und ich sagte es ihm, während ich mich in den engen Kurven an der Geschwindigkeit berauschte. Er beschleunigte noch und antwortete gespielt mürrisch, er zöge meine langen Haare vor. Ich nahm seine Antwort für neuerliche Spöttelei, zumindest tat ich so. So war alles einfacher. Und unser gemeinsames Lachen stieg hinauf bis in den unermesslich blauen Himmel.

Als ich sie auf der Straße erblickte, glaubte ich, sie würden wieder in ihr Schweigen und ihre Träume verloren an mir vorübergehen. Hassein ging neben mir, als Unerwartetes geschah.

Jedlas Mann ging auf uns zu, Hassein war erfreut. Schließlich stellten wir uns kurz vor und setzten uns dann in ein Straßencafé. Jedla lächelte mir immer noch vage zu, während sich die beiden Männer angeregt unterhielten.

Ich schaute mir Ali Moulay näher an. Seine Schönheit strahlte Sicherheit aus und hatte eine gewisse Eleganz an sich. Nichts Fremdes fand ich, was mich eingeschüchtert hätte, von seinem stechenden Blick einmal abgesehen, der weit in die Ferne reichte.

Jedla schwieg, bis wir aufbrachen. Nur einmal erzählte sie kurz ihrem Mann, wie wir uns kennen gelernt hatten. Ich hörte zum ersten Mal ihr raues, gutturales Arabisch. Und diese Sprache, die sie mit mir nie benutzt hatte, vertiefte den Graben zwischen uns noch ein wenig mehr. Ich spürte, wie ich trotzig wurde.

Nachdem wir uns verabschiedet hatten, erzählte mir Hassein von Ali, ohne dass ich ihn lange hätte bitten müssen. Er rühmte dessen Talent und intellektuelle Redlichkeit als Journalist. Er meinte genau wie ich, die beiden würden ein schönes Paar abgeben. An Hasseins Ton, an seinem kaum gezügelten Enthusiasmus spürte ich, dass er die schwermütige Schönheit der beiden und ihr offensichtliches Glück respektierte, was ich nicht erwartet hätte.

Ich fühlte mich niedergeschlagen und einsam.

3

Um besser von meinem letzten Gespräch mit Hassein träumen zu können, flüchtete ich mich an diesem Tag ganz ans andere Ende des Gartens, zu meinem Baum.

Wir hatten in einem der etwas abseits der Hauptstraße gelegenen Restaurants, die hinten zum Meer hin offen waren, zu Mittag gegessen. Im Schatten der Terrasse, als Herausforderung an das harte Blau des Himmels und des Meeres zu verstehen, wirkte der Ort, als ob man ihn seit längerer Zeit aufgegeben hätte.

Ich erinnere mich vor allem an den boshaften Blick Hasseins, während sich im Hintergrund der Horizont scharf abzeichnete. Hassein hatte mit gelassener Bitterkeit von sich erzählt, bevor er auf mich zu sprechen kam. Der anmaßende Ton, den er anschlug, ärgerte mich schließlich. Ich war immer verärgert, wenn Leid sich versteckte. Hätte er es offen gelegt, hätte er mich wahrscheinlich berührt. So aber dachte ich an jenem Tag nur, er habe zu viel getrunken, und schaute mit distanzierter Kälte auf seinen Champagner.

Nun aber überfiel mich in dem Garten, auf dem vom Sommer verbrannten, stark duftenden Gras liegend, Traurigkeit. Unsere unkomplizierte Freundschaft war zerbrochen. Ich hätte gerne die Splitter aufgesammelt und sie lange sehnsüchtig betrachtet, doch mir blieben nur Worte, törichte und zynische Worte, die mich nicht einmal schmerzten. Trotzdem gingen sie mir ständig im Kopf herum, wie billiger Flitterkram. Und da war die Stimme Hasseins, die plötzlich in mir ertönte. »Ich hätte Sie lieben können, sehr … als meine Mätresse. Zwei, drei Jahre lang, die Zeit unserer Jugend. Hätte Sie das nicht gelockt?«

Während er weitersprach, malte ich mir die Szene aus, die auf diese Worte eigentlich hätte folgen müssen: Ich, in eine kalte, vornehme Jungfrau verwandelt, hätte ihn ohrfeigen, als »Schuft« beschimpfen und unter Protest würdevoll gehen sollen. Ich hatte mich nicht gerührt. Und suchte nach Ausreden, die mein Verhalten hätten entschuldigen können. Er hatte glücklicherweise den Konjunktiv gebraucht, und meine Wangen waren, wie um meine naive Unschuld zu beweisen, rot geworden. Der eigentliche Grund aber war meine Trägheit gewesen. Ich hatte einfach keine Lust gehabt aufzustehen und meine Beine viel lieber in die gleißende Sonne gestreckt. Das Meer war dunkel … Ich fühlte mich wohl.

Er fuhr fort. »Trotz Ihrer Emanzipation, trotz der Freiheiten, um die Sie andere junge Frauen beneiden, nehme ich an, dass Sie noch nicht an diesem Punkt angelangt sind.«

Meine Gedanken kreisten um die Formulierung »an diesem Punkt«, deren Bedeutung allzu durchschaubar war. Ich machte mich darüber lustig. »Nur Männer denken ständig an diesen Punkt«, hätte ich am liebsten diesen Mann verärgert zurechtgewiesen, der so leicht mein Meister hätte werden können und statt dessen seine Zeit damit vertrödelte, gehässig an allem herumzumäkeln. Ich habe nichts gesagt. Inzwischen war die Sonne bis zu meinen Knien hinaufgewandert. Nach dem guten Essen und in dieser gleißenden Sonne, die mich betäubte, wollte ich vor allem wollüstig vor mich hin dämmern. Doch er sprach und sprach und ging mir auf die Nerven. Und dann mit diesem Ton, der immer schwülstiger wurde, gütiger Himmel!

»Übrigens, Sie fühlen sich in Ihrer jetzigen Situation sehr unwohl! Seien Sie aufrichtig! Gestehen Sie es sich und mir ein: Sie fühlen sich unbehaglich!«

Mein Gott, wie sehr genieße ich diesen Sommer, die Sonne!

»Sehen Sie der Wahrheit ins Gesicht: Sie leben zwischen zwei Zivilisationen, gehören weder der einen noch der anderen an, sind nichts anderes als ein armseliges Mischprodukt. Sie drehen sich im Kreis und haben nicht den Mut, auszubrechen. Warum auch? Sie wüssten nicht, wohin Sie gehen sollten.«

Plötzlich empfand ich sein Lachen als Gebrüll, wie eine Woge, die mich in einen Abgrund riss und mein Wohlbehagen zerstörte. »Schweigen Sie!«, sagte ich leise. Meine Stimme verriet meine plötzliche Trauer, meine unterdrückten Seufzer, die tot waren, noch bevor sie sich ihren Weg aus meinem Inneren gebahnt hatten.

Ich floh, auf einmal unglücklich.

Ich klammerte mich ans Steuerrad, meine Hände zitterten noch lange. Zu Hause schaute ich mein neues Gesicht im Spiegel an: Es weinte. Eine kalte Dusche genügte, und der gehässige Ausdruck war daraus verschwunden.

Anschließend träumte ich lange vor mich hin, in Vergessenheit verloren. Probleme, die mir andere bereiteten, langweilten mich schnell. Diesmal allerdings ging es um Hassein, der mir keineswegs gleichgültig war, auch wenn ich Schwierigkeiten nicht mochte.

Ich dämmerte noch immer im halbwachen Zustand, als mich Stimmen hinter der Schilfrohrhecke aufweckten.

Ich wagte es nicht, durch die Schilfrohrhecke zu schauen, doch ich spürte »sie«. Ihre Stimmen drangen in mich ein.

»Hör zu!«, sagte er. »Sei nicht dumm. Ich habe dir bereits mehrmals erklärt, wie sich das alles abgespielt hat. Warum gräbst du diese alten Sachen aus? Warum?«

Sie antwortete langsam, mit einer eigensinnigen Geduld. »Ich habe dir zwar verziehen, aber ich kann es nicht vergessen. Nein, ich kann es nicht vergessen, und ich kann unmöglich nicht daran denken. Und dann bin ich jedes Mal böse auf dich.«

»Aber das ist doch alles längst zu Ende, das ist doch lange vor unserer Hochzeit passiert!«

Wie gut sich diese Männerstimme für inbrünstige Beteuerungen eignete!

Jedla ließ sich nicht erweichen. »Das ist unbedeutend. Seit Jahren fühlte ich mich bereits als deine Frau. Drei Jahre waren wir verlobt. Während dieser dreier Jahre habe ich dir vertraut, an dich geglaubt. Du hattest mir Treue geschworen!«

»Ja«, antwortete er, leise und traurig.

»Ich hätte dich nicht darum gebeten, hättest du es mir nicht versprochen.«

Stille. Dann nahm sie den Faden wieder auf. Ihre Stimme klang kalt, verletzt. »Ali, seit ich mein Kind verloren habe, muss ich immer wieder an das ›andere‹ denken, an das dieser Frau, an dein Kind, das irgendwo lebt und das du mit einer anderen Frau gezeugt hast.«

»Jedla, du weißt genau, dass ich diese Frau nicht liebte. Ich liebe nur dich. Du weißt, wie sehr du mich verletzt hast und dass ich mit dir hatte brechen wollen. Ich hatte nicht die Kraft dazu. Ich wollte mich absichtlich beschmutzen, um dich anschließend verlassen zu können.«

»Dich beschmutzen!« Jedla lachte leise, keuchend. »Dich beschmutzen. Hättest du dich absichtlich beschmutzen wollen, wie du behauptest, dann hättest du dich auf die nächstbeste Frau gestürzt, nur um mit ihr zu schlafen. Doch die Frau ist eine ausgesprochene Schönheit, wie du selbst eingeräumt hast. Ich weiß, dass du sie begehrt hast. Und ich spüre, dass du sie nicht nur so genommen hast. Warum wohl schreibt sie dir heute noch diese netten Karten? Ihr teilt so schöne Erinnerungen! Oh, ich habe so genug davon!«

Ihre Stimme überschlug sich. Sie schluchzte wie ein Kind, verstummte dann. Einige Minuten verstrichen in ängstlicher Anspannung.

Endlich flüsterte der Mann leise, aber eindringlich: »Jedla! Jedla!«

Ich schämte mich, den beiden zuzuhören, und ging lautlos ins Haus zurück. Ich verstand nicht, warum mir diese Szene so viel Schmerz bereitet hatte.

Die folgenden Tage waren leer. Hassein war nach Algier zurückgekehrt. Ich war ihm deswegen böse. Über dem Haus unserer Nachbarn lastete drückende Stille. Meine Träume wurden immer unklarer, verwirrter. Ich wusste nicht, was ich mit mir anfangen sollte.

Nur das Meer blieb immer gleich. Ich schwamm mit dem Kopf unter Wasser, die Haare wie einen Schweif hinter mir herziehend. Oder ließ mich auf dem Rücken treiben. Ich schloss die Augen angesichts eines Himmels, der wie ein Bett ausgebreitet vor mir lag. Und wartete, bis man die Stühle vom Strand wegräumte, um erneut Raum zu gewinnen für meine Träume, ins Leere zurückzukehren.

Wir saßen gerade beim Abendessen, und es herrschte eine Ruhe, beinahe so etwas wie Friede, als Ali mit völlig aufgelöstem Gesicht erschien.

»Meine Frau hatte einen Unfall. Ich hole einen Arzt. Bitte kümmern Sie sich um sie!«

Er hatte sich an mich gewendet, doch ich reagierte nicht sogleich; ich konnte meine Augen nicht von seinem schmerzerfüllten, zitternden Gesicht abwenden.

Einige Minuten später betraten meine Schwester und ich das benachbarte Haus. Myriem trat neben die alte Hausangestellte, die an Jedlas Bett wachte. Meine Erinnerungen an die folgenden Stunden sind undeutlich: Das Dunkel zuweilen von Licht durchbrochen, Angst, Alis völlig verzweifelten, irrsinnigen Augen und diese unerbittlich geschlossene Tür, beinah schicksalhaft.

Ich konnte nichts tun, nur Alis unerträglichen Zusammenbruch beobachten, nur ihn anschauen, der sich nicht rührte. Endlich schüttelte ich meine Lähmung ab und ging zu ihm. Bis dahin sah ich in ihm Kraft und Sicherheit. Und diese Kraft brach auf einmal vor meinen Augen zusammen.

Er schaute hoch, als ich vor ihm stand. Ich wusste nicht, was ich sagen sollte. Ich wollte nur meine Hand auf seine Schulter legen. Doch ich wagte es nicht. Seine verwirrten Augen blieben nicht einmal an mir haften. Er stotterte, während sich in mir alles schmerzhaft zusammenzog. »Ich fand sie im Bad auf dem Boden liegend, steif und schon fast schwarz. Ich war gerade nach Hause gekommen. Sie hatte mich gebeten, Brot zu kaufen. Sie …«

Er krümmte sich noch mehr in seinem Albtraum.

Als der Arzt uns mitteilte, sie sei außer Gefahr und

brauche nur ein paar Tage Ruhe, sah ich nur Ali, wie er sein Gesicht in seinen Händen hielt und sein Körper von lautlosen Schluchzern geschüttelt wurde. Feuer brannte in meinem Herzen. Ich hätte den Mann anschreien, bitten, anflehen mögen, nur damit er mit seinem Schluchzen aufhörte, so litt ich mit.

Ich schaute zu der Tür, hinter der das Leben, Jedlas Leben, eingeschlossen war. Sie war gerade wieder geboren worden, ihre Schmerzen hatten kaum nachgelassen, die Asche glühte noch. Ich starrte auf die Tür und verließ dann schnell das Zimmer. Plötzlich hatte ich in mir verdächtigen und kalten Hass verspürt, der mir Angst einjagte.

Als ich sie aber in ihrem Bett liegen sah, bleich und abgemagert, rührte sie mich wie ein Kind. Ich hatte sie bisher nur stolz und aufrecht gekannt. Erst hinter der Schilfrohrhecke hatte ich am Klang ihrer Stimme erkannt, wie zerrissen sie war.

Ihr Kopf lag schwer auf dem Kissen, und ihre gekräuselten Haare klebten an den feuchten Schläfen. Ihre Müdigkeit rief in jedem Zärtlichkeit wach – auch in mir.

Ich schaute auf das Betttuch, unter dem sich kaum wahrnehmbar ihr zu schmaler Körper abzeichnete. Ich zögerte. Ich hatte nicht den Mut, diesen transparenten Lidern etwas zuzuflüstern. Suchte nach Worten. Kurz zuvor hatte sie mich, ohne zu lächeln, angeschaut und dann den Kopf zur Seite gewendet. Erstaunlicherweise erschien mir Jedla ruhig und sanftmütig.

Die Stille in dem Krankenzimmer wurde schnell bedrückend. Ich durchschnitt sie entschlossen, ohne mich um die Banalität meiner Worte zu kümmern. »Du wirst dich erholen, wieder zu Kräften kommen. Das war nur ein schlechter Traum. Alles ist vorbei.«

Sie schaute mich an. Ihre Stirn war hart. Ich verstummte und hatte wieder Angst vor ihr. Gleichzeitig begriff ich, dass wir alle von ihren trockenen Augen, ihrem in dem riesigen Bett versunkenen Körper, von ihrer harten Stirn und ihrer Zurückweisung abhängig, ja, an sie gefesselt waren. Sie blieb die Unantastbare, Entrückte.

Das Schweigen lastete schwer wie der Tod.

Meine Angst und mein Hass vermischten sich auf merkwürdigste Art, wie zwei Flügel, die in einer schwarzen, leeren Höhle sinnlos schlugen. Ich wagte es nicht, das andere Ende anzuschauen. Jedlas Gesicht. Die Stille konnte einfach nicht mehr länger anhalten, sie musste reißen wie ein zu stark gespannter Gummi …

Ihre leise Stimme drang bis zu mir. Sie sprach monoton, als ob sie einen Text rezitierte: »Ich weiß nicht, was mit mir los war. Noch unter der Dusche bekam ich plötzlich entsetzliche Kopfschmerzen. Mein Kopf wurde immer schwerer … Ich erinnere mich an nichts mehr.«

Es war vorüber, und sie war da. Auch Ali, der mit bleichem Gesicht und tief in den Höhlen liegenden Augen das Zimmer betrat. Ich ließ sie allein und half Myriem, die sich emsig im Haus zu schaffen machte.

Zunächst betrat ich das Bad, das trotz des Dramas unpersönlich wirkte. Ich war mit meinen Gedanken ganz woanders, während ich mit routinierten Gesten aufräumte. Dann schaute ich mir die Gasleitung an, die so schnell wie möglich repariert werden musste. Der Hausbesitzer hatte sie gewarnt, hatte Ali mir erzählt, und sie gebeten, vorsichtig zu sein. Die Leitung war wie die ganze übrige Installation alles andere als sicher. Neben dem Waschbecken entdeckte ich ein zusammengeknülltes Schächtelchen. Automatisch hob ich es auf. Als ich auf die zerknitterte Hülle starrte, erwachte ich plötzlich aus meiner Trance: Schlaftabletten!

Ich tastete noch einmal die Gasleitung ab, denn ich wollte Myriem die undichte Stelle zeigen. Sie würde sich selbst um die Reparatur kümmern.

Anschließend verließ ich das Haus, meine Finger umklammerten fest und verwirrt das Stückchen Karton. Draußen blieb ich kurz stehen, öffnete meine Faust und schaute lange und nachdenklich darauf. Dann warf ich es weg. Meine Verwirrung, die bis hinunter zu meinem Magen gekrochen war, ähnelte Entsetzen.

4

Jedla erholte sich langsam. Sie schien aus einem langen Schlaf aufzuwachen, von einer langen Reise zurückzukehren. Ihr Blick war uns fremd. Ihr Körper lag unbeweglich unter dem blendend weißen Betttuch, und in dem dunklen Zimmer flüsterten wir nur. Ihre braunen Augen waren weit geöffnet, doch ihr abweisender Blick schaute weit durch das offene Fenster hinaus in die Ferne.

Ich war selbst überrascht, wie leicht es mir fiel, meine Rolle als Krankenwärterin mit der Rolle der sich aufopfernden Freundin zu verbinden. Mit dem Haus hatte ich mich vertraut gemacht. Trotzdem blieb ich diskret, manchmal schämte ich mich sogar. »Doch warum ausgerechnet Scham?«, seufzte ich.

Als ich Ali und Jedla zusammen auf der Straße begegnet war, hatte mich ihre Vertrautheit wie ein wildes Tier, das bereit ist, mir an die Kehle zu springen, peinlich berührt. Hier hatte sie sich in nichts aufgelöst, war wie ein Schatten, hinter dem sich unbestimmt sehnsüchtiges Verlangen verbarg.

Da war Jedla, in sich verschlossen auf ihrem Bett liegend. Sie war nicht krank, sondern verloren. Sie wollte nichts, nicht einmal Zärtlichkeit, und hörte nichts, keine Zuwendung. Und Ali, ein Mann, der seine Schultern hängen ließ, durch die verlassenen Zimmer irrte und sich dann in Spaziergänge flüchtete – die meiner Meinung nach lang waren, denn wenn er nach Hause kam, war er staubbedeckt, und seine Augen hatten vor Müdigkeit ihren Glanz verloren. Er sah mich nicht, sprach nicht mit mir. Seine Zerstreutheit schien mir wie Selbstaufgabe. Kam er in Jedlas Zimmer, wenn ich da war, stand ich auf. Doch er hielt mich jedes Mal mit einer kraftlosen Geste zurück, auf die ich keine Antwort wusste.

Trat er an ihr Bett, konnte er sein Gesicht kaum beherrschen, doch tief in seinen Augen entzündete sich ein aufmerksames Licht. Sprach er sie an, formulierte er die Endkonsonanten der Wörter besonders weich und bemüht, damit sie nur ja ihr Ohr erreichen könnten – und sie.

Er sprach leise. »Fühlst du dich besser?«

Er vergaß, dass ich im Zimmer war, und legte seine Hand auf ihre Stirn.

Sie antwortete mit klarer Stimme, die kein Zaudern erkennen ließ: »Ich habe keine Kopfschmerzen mehr. Bin nur etwas erschöpft.«

»Hast du etwas gegessen?«

Sie wandte sich zu mir, ohne zu lächeln. Zwang mich einzugreifen und die Auskünfte zu erteilen, die er nicht hörte, denn er schaute nur sie an. Mit einer feindseligen Kälte blickte ich sie an und war gleichzeitig eifersüchtig auf sie und ihre Einsamkeit, in der die anderen nichts zu suchen hatten. Sie hatte ihre Freiheit. Nein! Sie war nicht frei, aber schroff, egoistisch, hatte kein Herz, wie mir mein Groll einflüsterte. Wie konnte sie die zwei neuen Falten übersehen, die sich zwischen Alis Augenbrauen gegraben hatten? Diese zwei Falten, die aus seinem Gesicht etwas machten, das man sich kaum zu berühren traute, die etwas empfangen wollten, ohne zu verwirren. Das Gesicht eines Mannes, der eine Niederlage erlitten hatte, die in meinen Augen die Schmerzen der ganzen Welt in sich vereinte.

Ich hätte ihm am liebsten über dem Bett die Hände entgegengestreckt und seine Schmerzen mit Liebkosungen gemildert. Plötzlich dachte ich an das zerknitterte Schächtelchen Schlafmittel, an das Bad, das ein wenig zu sauber war und auch schon fast wieder gewöhnlich wirkte. An Jedla, die zwischen uns lag, unbeweglich und allein. Ab und zu atmete sie so tief, dass man meinte, ihre Lunge sei unendlich tief; dann stieg ein Seufzer in ihr auf, um in unserer Stille, unserer Erwartung zu sterben.

Endlich erhob sich Ali. Zögernd stammelte er, er wolle sie allein lassen, damit sie schlafen könne. Mit armseligen Worten versuchte er sich selbst zu überzeugen, er fliehe nicht vor seinem Unglück, vor diesem harten Kindergesicht, sondern wache vielmehr über dessen Ruhe.

Durch diese List fühlte ich mich ihm näher.

Drei Tage verstrichen so in ausgedehntem Schweigen. Besorgtes Flüstern, eine beunruhigende Stille im dunklen Krankenzimmer, dessen Fenster dem Himmel und dem Sommer ständig weit geöffnet waren. Der magere Körper unter dem Laken, der braune Kopf, der auf dem Kissen lag, alles blieb sich gleich.

Die Zeit verstrich träge, ausgebreitet wie ein Laken aus totem Wasser. Mir schien, ich lebte seit Jahren in den schattigen kühlen Zimmern, um hier ewige Wache zu halten.

Jeden Abend fand ich im benachbarten Haus die anderen wieder und das Leben, das mir nichts mehr sagte.

Ich konnte Jedla nicht hassen, das wurde mir an jenem Morgen bewusst. Als ich zu ihr kam, war sie aufgestanden, hatte sich Kleider in lebhaften Farben angezogen, und ihre Augen leuchteten. Nur ihre bleichen Wangen und ihre schmalen Lippen, die nicht lächeln wollten, erinnerten noch an den vier Tage andauernden, merkwürdigen Albtraum. Ich war so glücklich, sie so zu sehen, dass ich mich in ihre Arme warf. Im letzten Moment zuckte ich zurück, doch es war zu spät! Ich legte meine Hände auf ihre zerbrechlichen Schultern mit einem Gefühl, das sich unwillkürlich zeigen wollte. Doch ich wusste, wie lächerlich es war.

Sie verweigerte sich nicht, was ich einen Augenblick fürchtete, wie ein Gesicht, das sich einem entzieht. Sie betrachtete mich ruhig, beinahe mit Zuneigung. Das war keine Übertreibung, dafür habe ich nichts übrig. Das wurde mir klar, als sie mit einer Stimme, die verwirrt schien, sagte: »Als ich heute Morgen aufwachte, war alle Müdigkeit verflogen. Der Himmel war so schön, dass er mich dazu verführt hat, aufzustehen und spazieren gehen zu wollen.«

Sie seufzte erleichtert, schaute mich an und fügte hinzu: »Ich bin nicht mehr krank. Mir geht es gut.«

Sie lachte ein schrilles Lachen, das mich verwirrte. Dann legte sie ihren Arm um meine Schultern, schwesterlich. Gemeinsam bereiteten wir das Essen vor. Sie erteilte der Putzfrau knappe Anweisungen. Sie ging mit schnellen Schritten durch die Villa, die sich auf einmal verwandelte. Ich sagte nichts, sondern erinnerte mich an das Jahr unserer ersten, inzwischen erloschenen Freundschaft vor vier Jahren. Ich hatte immer von Tagen geträumt, die von Vertrauen und Stille gezeichnet sind. Gleichzeitig wusste ich, dass dieser Zustand nicht anhalten würde. Für mich war der Zeitpunkt gekommen, zu gehen und die beiden allein zu lassen.

Als Jedla zurückkam, sagte ich verlegen: »Jetzt, da ihr mich nicht mehr braucht ...«

»Was sagst du da? Du verbringst den Tag mit uns. Wir werden zusammen essen und nachmittags zusammen weggehen.«

»Ich möchte euch nicht stören.«

Mit einer Kopfbewegung lehnte sie die Ausrede ab, und ich meinte, in einem flüchtigen Ausdruck ihres Gesichts ihren Eigensinn wieder zu erkennen, der mich einst so gefügig gemacht hatte. Doch das gehörte der Vergangenheit an.

Zu dritt aßen wir auf der kühlen Terrasse. Erst jetzt fiel mir auf, dass man weiter hinten den Garten wuchern ließ. Und gegenüber von mir verrieten Alis Augen sein Glück. Jedla bestand darauf, selbst aufzutragen. Sie kam und ging, es lag alles wieder in ihren Händen. Wenn man ihre sicheren Bewegungen beobachtete, ihre aufrechte Haltung, ihre Ernsthaftigkeit, dann konnte man sie unmöglich mit jener in Zusammenhang bringen, die im Badezimmer fliehen wollte, die uns ignoriert und sich ganz in ihre Krankheit eingehüllt hatte.

Ali machte Pläne. Wie Jedla ging auch er davon aus, dass ich den Tag mit ihnen teilte, und als ich ihn so hörte, erschien es mir ganz natürlich und einfach. Freude brach aus uns hervor, und bisweilen entsprang unser Lachen einer gemeinsamen Quelle. Unsere Jugend war unbeschwert und genoss die angenehme Freundschaft.

Wir beschlossen, meinen Wagen zu nehmen, den ich in der letzten Zeit in der Garage stehen gelassen hatte. Auch zum Meer wollte ich wieder gehen und sprach davon.

Ali sagte nichts und beugte sich zu Jedla.

»Selbstverständlich gehen wir jeden Morgen ans Meer«, meinte sie. »Ich werde nicht ins Wasser gehen, aber euch an den Strand begleiten und euch zuschauen.«

Plötzlich hatte ich das Gefühl, dass es vielleicht nicht so einfach sein würde, wie es den Anschein hatte.

Doch Ali sprach schon begeistert über die Ferien, die vor uns lagen. »Bald«, fügte er hinzu, »muss ich für einige Zeit verreisen. Ich werde Ihnen Jedla anvertrauen.«

Er schaute mir direkt in die Augen. Und in diesem Augenblick entstand zwischen uns eine tiefere Verbindung. Wir standen dann auf. Da gestand ich mir ohne Scham ein, dass mich weder die Stimme Jedlas noch das Paar, dem ich auf der Straße begegnet war, hier hielten. Nein, einzig Ali mit seinem klaren Blick und seinem ruhigen, ausgeglichenen Gesicht, das noch ein wenig müde wirkte. Er sprach zu mir, ich antwortete ihm. Jedla brachte Kaffee. Ich war unter Freunden. Dennoch erschien mir Ali immer verführerischer, ich spürte, wie ich gerade dabei war, mich in ihn zu verlieben oder ihn zumindest zu bewundern. Daran gab es keinen Zweifel. Ich wusste bereits, dass ich einfach und unbekümmert lügen konnte.

Jedla machte das Radio an. Nostalgische Musik sickerte ein, Musik, die jeder Araber nach dem Essen zu einem kochend heißen Kaffee genoss. »Andalusische Musik« nennt man sie. Eine Männerstimme sang immer höher. Nackt und schön wie sie war, drang sie bis in den Garten, flog wie ein Vogel im Himmel. Die Schönheit der Melodie machte mich traurig. Ali, der mir gegenübersaß, hatte dasselbe ruhige Gesicht, war entspannt, wirkte edel. Im Schatten erriet ich Jedlas schmale Augen. Ich verstand den arabischen Dialekt nicht, ein Arabisch, das sich wie ein Goldfaden in weite Kreise flocht. Ich konnte auch Jedlas harten Blick nicht deuten, der ein unbekanntes Ziel in der Ferne fixierte.

Als die Musik verstummte, schüttelte sie ihre Lähmung ab wie ein zerknitterter Schleier, wurde wieder fröhlich und gesprächig. Doch ich fand ihre Worte zu leicht, und ihr Lachen wirkte gereizt – als ob sie uns betrügen würde, als ob sie für immer allein wäre.

Ich beobachtete sie mit einem Anflug von Neid. Als ich mir kurz zuvor eine versponnene Liebe zu Ali ausmalte, hatte ich nicht das Gefühl gehabt, Jedla zu verraten. Sie gehörte zu den Frauen, die man nie betrog. Sie war stolz.

5

Ali war schön. Von einer Schönheit, die mich berührte, die ich am liebsten behutsam in meine Hände genommen hätte.

Ich dachte an sein Gesicht, als ich mich in der Umkleidekabine umzog, um mich anschließend ins Meer zu stürzen. Während er uns am Steuer meines Wagens hierher gebracht hatte, ich neben ihm, hatte ich mit halb geschlossenen Augen sein Profil studiert und den Wind auf meinen Wangen gespürt. So entging ich der Aufmerksamkeit Jedlas, deren Blick auf meinem Rücken lastete. Seit den zwei Tagen mit unseren gemeinsamen Ausflügen spürte ich ihren Blick ständig auf mir ruhen. Sie überwachte mich, das war mir schnell klar geworden, aber aus welchem Grund? Zu welchem Zweck, fragte ich mich enerviert. Warum auf einmal diese eilfertigen Einladungen? Warum war sie plötzlich so gesprächig geworden? Und sogar geistreich?

Während unserer Jugendfreundschaft hatte sie es immer verschmäht, liebenswürdig zu sein. Und sie sprach nur wenig, das war unwichtig für sie. Ihre Gegenwart hatte ausgereicht, um mich zu beeindrucken. Jetzt spürte ich, wie sie auf mich zuging, wenn auch auf Umwegen, die geheimnisvoll waren.

Mit einem Seufzer verjagte ich meine düsteren Gedanken. Ich streifte meinen Badeanzug über. Gerade wollte ich wie immer eine Badekappe überziehen, warf sie dann aber weg. Meine langen, blonden Haare, auf die ich stolz war, fielen über meine Schultern, als ich herauskam. Ich spürte meine nackten Fußsohlen im heißen Sand, als ich auf Jedla und Ali zuging.

So bot sich mir das Paar dar: Jedla lag wie eine Genesende im Schatten eines Sonnenschirms auf einem Liegestuhl ausgestreckt. In ihrem weißen Kleid wirkte sie zerbrechlich und verloren wie ein Vogel. Sie winkte mir von weitem zu. Ali saß unbekümmert zu ihren Füßen. Sie rief in einem Ton, der mich traf: »Nadia, wie schön du bist!«

Offenherzig und wie verzaubert wiederholte sie sich ein wenig einfältig. Ali drehte den Kopf zu mir und blinzelte mir zu, weil die Sonne ihn blendete. Ich fühlte mich plötzlich unbehaglich und behauptete, ich wolle auf der Stelle schwimmen, nur um mich von den beiden entfernen zu können.

Während ich dem Meer entgegenrannte, spürte ich den Blick mehrerer Männer auf mir ruhen. Ich war glücklich, schön und jung zu sein, und stolz auf meine gebräunte Haut.

Das Wasser war durchsichtig. Ich schwamm pausenlos, immer weiter hinaus. Ich genoss meine geschmeidigen Muskeln, meine Beine, meinen ganzen Körper, der durch diese blaue Unendlichkeit glitt. Ich vergaß alles. Von Zeit zu Zeit drehte ich mich auf den Rücken, um wollüstig das mich tragende Wasser zu spüren, das meine Hüften liebkoste. Und meine Augen ertranken im Himmel.

Als ich erschöpft wieder in die Nähe des Strandes kam, tauchte plötzlich dicht neben mir Alis Kopf, von dem das Wasser perlte, aus dem Meer auf. Er lachte über mein erschrockenes Gesicht.

»Habe ich Ihnen Angst eingejagt?«, fragte er mich und

sah mich von der Seite an. Mit seinen klatschnassen Haaren glich er einem kleinen verschmitzten Jungen. Ich hatte Lust, mit ihm zu lachen und ihn zu necken, spritzte ihm Wasser ins Gesicht. Er schüchterte mich nicht mehr ein. Ich lachte aus vollem Hals.

»Ich werde Sie unter Wasser tauchen!«, drohte er mir. Ich lachte wieder, diesmal zweifellos etwas nervöser. Schließlich schluckte ich entsetzlich viel Wasser, und mir wurde schwindelig. Ich begann mich heftig zu wehren, doch ich spürte, wie seine starke Hand an meinem Arm zerrte. Ich hatte den Eindruck, als ob er mich lange gedrückt hatte, denn mein Körper war ganz verkrampft, mein Arm fühlte sich beinah ein wenig abgestorben an. Er ließ mich los. Ich tauchte unter und entkam ihm mit zwei, drei Stößen. Mir war das Lachen vergangen. Als ich wieder auftauchte und ihn mit meinen vom Wasser geröteten Augen ansah, erschien mir sein Gesicht leicht verzerrt.

Dann unterhielt er sich mit mir, als ob nichts gewesen wäre. »Sie schwimmen wirklich ausgezeichnet«, sagte er. »Sie sind sehr weit hinausgeschwommen. Ich dachte einen Augenblick, Sie würden nie mehr zurückkehren.«

Er sprach leise. Merkwürdigerweise empfand ich seine Worte nicht als Kompliment. Ich wich seinem Blick aus. Ich liebte ihn.

»Ich schwimme gerne weit hinaus, und alleine. Ich bin daran gewöhnt. Ich liebe das Meer.«

Nebeneinander schwimmend hatten wir den hellen Sandstrand erreicht. Ich dachte an Jedla, die auf ihrem Liegestuhl lag. Unter ihrem ruhigen Äußeren erriet ich die Anspannung. Gleichzeitig schritten wir aus dem Meer, und das Wasser, das von unseren Köpfen lief, bildete eine einzige Pfütze. Schweigend gingen wir langsam zu Jedla.

Sie beobachtete uns von weitem, ließ uns nicht aus den Augen. In diesem Augenblick spaltete ich mich, vielleicht wegen der Müdigkeit, vielleicht wegen der Sonne: Ich sah unsere beiden müden, wassertriefenden Körper nebeneinander im tiefen Sand die gleiche Furche graben. Gleichzeitig ging ich lächelnd auf Jedla zu. Ich schaute Ali nicht an, spürte ihn aber neben mir, spürte, dass er ruhig geworden war.

Sie lächelte nicht. Sie schaute uns an, und ihre Augen drangen wie eine Klinge tief in mich ein. Ali ließ sich zu ihren Füßen in den Sand fallen. Er war nichts anderes mehr als ein zu großer Körper, den Kraft und Vertrauen, die mich berührten, wie ein Kreis umschlossen. Unsere Blicke kreuzten sich. Ich entdeckte in diesem Augenblick, wie ich litt.

Ich hätte gerne gesprochen, um die Mauer zu brechen. Doch ich fand keine Worte. Sie hatte den Kopf zur Seite gewendet, kam mir beinahe ausgeglichen vor. Ich begriff, dass sie beschlossen hatte, so zu bleiben, nicht einmal feindselig.

Ich zuckte mit den Achseln, plötzlich gleichgültig geworden. Ohne ein Wort zu sagen, ging ich zur Umkleidekabine, im Kopf ganz leer. Die Sonne brannte wirklich zu heiß. Das Einzige, was ich vermeiden wollte, war ein Sonnenbrand auf der Nase.

Schweigend fuhren wir nach Hause; der Strand, an dem wir geschwommen waren, lag ungefähr zwanzig Kilometer entfernt. Ich fuhr langsam. Ali und Jedla saßen hinter mir. Nach all den Verwirrungen meiner Gefühle wäre ich gerne alleine, weit weg von ihnen gewesen. Ich wünschte mir, mit meinen Fragen allein zu sein.

Ich erinnerte mich an die wenige Minuten andauernden Schmerzen, die mir der Blick Jedlas bereitet hatte. Ich wusste nicht, wie man Leid ertrug. Es trieb mich um. Ich hielt einen Moment inne und verjagte die dunklen Gedanken. Kurz zuvor hatte ich aus welchem Grund auch immer die leichte Erschütterung als Schmerzen oder Leid bezeichnet. Ich lachte über meine Übertreibung, ich wurde tragisch!

Ich warf einen Blick in den Rückspiegel. Jedla und Ali hatten es sich jeder in seiner Ecke bequem gemacht. Die Leere zwischen ihnen trennte die beiden voneinander. Hätten sie sich an den Händen gehalten oder sich aneinander geschmiegt, dann hätte ich sie um ihre Vertrautheit – Glück wag ich gar nicht zu sagen – nicht beneidet.

Ich verweilte beim Gesicht Jedlas. Erstaunt stellte ich fest, dass es wie nach einer durchwachten Nacht ein wenig eingefallen wirkte. Ich fühlte Zärtlichkeit für sie. Dann rührte sich ein diffuses Schuldgefühl hinterhältig in mir, und ich seufzte wegen meiner komplizierten Gefühle. Und lächelnd fügte ich für mich hinzu: einfach nur oberflächlich.

Ich war auf die beiden eifersüchtig, litt für Jedla, liebte Ali, liebte Jedla, hasste Jedla …

Jedla … das einzige Wesen, das mit meiner Vergangenheit zusammenhing, mit einer Erinnerung, die mir heute wie ein Traum in der warmen Sonne nicht mehr aus dem Sinn ging, die Erinnerung an dieses eine verlorene Jahr.

Bittere Zärtlichkeit überfiel mich, wie schon einmal kurz zuvor, und ließ mich an etwas ganz Bestimmtes aus meiner Vergangenheit zurückdenken.

Jedla war in jenem Jahr mit ihrer fremdartigen Ausstrahlung in unserem Gymnasium aufgetaucht. Ich fand sie schön, und ich mochte sie. Tausend Vorwände erfindend, näherte ich mich ihr, doch sie entzog sich mir mühelos und ein wenig verächtlich. Zum ersten Mal erlebte ich, dass mir jemand Widerstand leistete. Damals gab es außer meinem Leben am Gymnasium nichts, überhaupt nichts. Nichts, außer diesem angstvollen Verlangen nach ihr, das ich nicht verstand.

Endlich kam der Tag, an dem sie sich mir öffnete. Ich verabschiedete mich am Vorabend der Ferien von meinen Mitschülerinnen. Ich hasste es, mich zu verabschieden, auch von Fremden. Ich war feige und tat so, als ob wir uns nur für ein paar Stunden, höchstens einen Tag, trennten. Mit Jedla konnte ich das nicht mehr tun.

Zunächst drückte ich viele Hände: Lächeln, Sätze, vage Versprechen, die den Abschied erleichterten. Plötzlich stand ich vor ihr.

Das Folgende spielte sich schnell ab: Ich streckte ihr zunächst mechanisch meine Hand entgegen, wie den anderen auch. Doch sie schaute mich an. Ich sah nur ihr Gesicht, dicht vor meinem, und hörte, wie ich leise und aufgewühlt sagte: »Ich würde dir gerne schreiben, dich wieder sehen.«

Sie lächelte mich zum ersten Mal an. Ihr Lächeln tröstete mich, genau wie ihr Händedruck.

»Gern«, meinte sie. »Mich würde das ebenfalls freuen.«

Ich weiß nicht mehr, warum wir plötzlich allein waren. Wir tauschten unsere Adressen aus. Mir kam alles wie in einem Traum vor. Als ich abends zu Hause war, war ich aufgeregt und glücklich wie nach dem ersten Rendezvous.

Noch lange war ich von diesem Ereignis ganz erfüllt,

von dieser einzigen Zärtlichkeit in meiner Kindheit. Dann fühlte ich mich zum ersten Mal alt. Und Traurigkeit hüllte mich ein.

Der Wagen fuhr geräuschlos. Meine Begleiter hinter mir schwiegen benommen. Ich dachte an nichts mehr, sondern überließ mich der Ruhe auf den kleinen Nebenstraßen, dem Sommerabend.

Plötzlich brach alles in mir zusammen. Ich hatte vor ihrer Tür gehalten. Sie stiegen gerade aus, als Ali erfreut aufrief. Vor uns wartete Hassein mit seinem ironischen Lächeln.

Ich hatte ihn völlig vergessen.

Seine Augen verharrten auf mir, fast bösartig blitzten sie auf. Ich wusste, dass etwas zu Ende ging. Vielleicht nur die Ruhe dieser goldenen Sommertage, die Schläfrigkeit und die verwirrende Fröhlichkeit.

Zweiter Teil

6

In der Folge überstürzte sich alles. Von außen betrachtet, änderte Hasseins Ankunft nichts an unserem Leben. Ich begann, mich auf meine Magisterprüfung vorzubereiten. Die Arbeit interessierte mich kaum, aber sie würde mir helfen, meinen Vater zu überzeugen, dass es für mein Studium besser sei, in Paris zu leben. Ich setzte mich jeden Morgen an meinen Schreibtisch und gähnte. Nachmittags ging ich manchmal zu Jedla, die alleine war. Oder wir besuchten zusammen mit Freunden einen entfernter liegenden Strand. Abends kam ich oft spät nach Hause; Hassein begleitete mich. Dann fragte meine Schwester Myriem laut, ob seine Rechtsanwaltskanzlei denn gut gehe, was meinen Schwager nicht davon abhielt, mir einen verächtlichen Blick zuzuwerfen.

Einen Moment lang hatte ich Angst bekommen, als Hassein aufgetaucht war – eine flüchtige Angst, die ich mir nicht erklären konnte. Vielleicht lag es einfach an unserer Befangenheit, denn unsere Beziehung hatte ihre Unverfänglichkeit eingebüßt. Ich hatte nicht vergessen, auf welch brüske Art er mich verlassen hatte, und beschloss, mich mit kaltem Hochmut zu schützen. Ich fürchtete ihn nicht. Er war immerhin zu mir zurückgekehrt, folglich war ich die Stärkere.

Als wir zum ersten Mal wieder allein waren, war ich von seinem Humor enttäuscht. Ich hatte mich an seinen beißenden, zynischen Spott gewöhnt, der unseren Gesprächen früher einen peitschenden Rhythmus verliehen hatte, der mich erregte: Wir hatten uns mit Worten duelliert. Doch seit seiner Rückkehr war er eher schweigsam, gar mürrisch. Ich wusste nicht, was ich davon halten sollte. Wenigstens war er so offen wie früher.

»Sie können triumphieren, denn ich komme zurück, liebe Nadia«, sagte er und schlug dabei einen anmaßenden Ton an. »Sie haben einen leichten Sieg errungen. Algier ist im Moment unerträglich langweilig und geht mir auf die Nerven. Und ich kenne keinen anderen Strand, an dem man seine Zeit so angenehm verbringen kann. Übrigens«, fügte er schnell hinzu, um meiner Antwort zuvorzukommen, »will ich mich nicht nur amüsieren. Langeweile und Gleichgültigkeit sind Bestandteile meines Lebens. Ich möchte Sie nur anschauen, das könnte immerhin ein unterhaltsames Schauspiel werden!«

Seine Augen verrieten nicht, ob er mich provozieren wollte, trotzdem hasste ich ihn sofort.

Er fuhr im gleichen Ton fort: »Im Grunde, mein lieber Engel (so nannte er mich an bestimmten Tagen, wenn er getrunken hatte oder, was ich erst später verstand, mich begehrte), im Grunde bewundere ich Sie. Sie sind wie ich skrupellos und haben ein kaltes, gefühlloses Herz. Aber Sie haben mir gegenüber Vorteile: Es gelingt Ihnen, sich abzulenken, zu lachen. Ich hoffe, Sie verraten mir eines Tages Ihr Geheimnis.«

Seine Stimme wurde vulgär.

»Ich habe kein Rezept«, antwortete ich trocken. »Das hängt nur von den Menschen ab, mit denen ich zusammen bin.«

»Die derzeitigen finde ich etwas zu ernst für Sie. Wie können Sie sich mit Menschen, die so anders sind, amüsieren?«

»Ich weiß nicht, was sie unter ›amüsieren‹ verstehen.«

Ich ärgerte ihn und lehnte seine Komplizenschaft ab. Das war seine neue Art, mich zu beleidigen.

Er entgegnete nichts, sondern musterte mich lange mit einem tiefgründigen Blick, ohne Ironie. Er war nicht mehr aggressiv. Dass er sich zum ersten Mal weigerte, auf meinen Angriff zu reagieren, verwirrte mich. Was war mit ihm los? Er hatte sich geändert. Ich mochte den bösartigen Hassein lieber.

Ich sagte ihm das offen, während er mich nach Hause begleitete. Es wurde langsam dunkel, aber ich konnte sein bizarres Lächeln erkennen, das ich nicht zu deuten wusste. Seine schmalen Lippen schienen zu zittern. Als ich vor ihm stand, wusste ich nicht, was ich tun sollte. Seine Augen funkelten in der hellen Nacht.

Ich weiß nicht, wie es kam, dass ich plötzlich in seinen Armen lag und von ihm an seine Brust gedrückt wurde, doch ich sträubte mich nicht. Nachgiebig wurde mein Körper, und ein weiches Gefühl, das mir vertraut war, bemächtigte sich meiner. Er küsste mich so heftig auf die Lippen, dass ich Angst bekam. Seine Umarmung hielt an, und ich spürte, wie ich mich verkrampfte.

Er nahm mein Gesicht zwischen seine beiden ein wenig zitternden Hände. Im Mondlicht schaute er mir prüfend und ohne zu lächeln, beinah ein wenig feindselig, tief in die Augen. Dann stieß er mich auf einmal brutal von sich. Ohne ein Wort drehte er mir den Rücken zu und verschwand in der Nacht.

Ich blieb wie festgewurzelt auf der Schwelle stehen und folgte ihm mit den Augen, bis sein breiter Rücken langsam mit der Nacht verschmolz. Wut stieg in mir auf.

Nachdenklich und unzufrieden mit mir betrat ich das Haus.

Ich schlief schlecht, aufgewühlt von Albträumen. Keuchend rannte ich durch dunkle, lange Straßen. Ein Unbekannter war hinter mir, kalt wie eine Schlange. Ich fuhr aus dem Schlaf hoch.

Duschen half mir, meine Ruhe und meinen Verstand wieder zu finden. Auf nüchternen Magen zündete ich eine Zigarette an. Ich musste mir zuerst einmal darüber klar werden, welche Rolle ich überhaupt in dem Ganzen spielte. Schließlich stellte ich fest, dass Hassein mich liebte, sich dies aber nicht eingestehen wollte. Ich lächelte und fühlte mich geschmeichelt.

Ich kannte solche Situationen und deren Konsequenzen. Es war nicht notwendig, mich nach meinen Gefühlen zu befragen, denn im Augenblick zählten sie nicht. Ich hatte es mir angewöhnt, meine »Sensibilität« zu schonen, nicht aus Angst vor Risiken oder aus Vorsicht, sondern aus Instinkt. Ich mochte es nicht, wenn mein Körper erschauerte, und hatte Mitleid mit den jungen Mädchen, die sich überschwänglich und pubertär für einen Mann begeistern konnten. Ich hingegen beobachtete sie, wie sie sich näherten; ihre einzige Waffe war ihre naive Selbstgefälligkeit. Ab und zu amüsierten sie mich; in diesen Fällen führte ich sie an einer langen Fessel, bis sie mir zu Füßen lagen. In der Regel fragte ich mich erst in diesem Augenblick, was ich eigentlich mit ihnen anfangen sollte. Bis zum heutigen Tag hatte ich eigentlich nicht von ihnen profitiert. In dem Augenblick, in dem ihre Augen heller leuchteten, sie ihre Schultern wieder aufrichteten und ihre Umarmungen beschützend wirken sollten, fand ich sie lästig. Sie behandelten mich wie eine »Kokette«, da sie es nicht verstanden, mir außer ihren Lügen noch etwas anderes zu geben. Ein Mann will eine

Frau, weil ihm kalt ist. Nur aus diesem Grund sehnt er sich nach körperlichen Vergnügungen. Arme kleine Würmer, diese Männer, die sich alle irgendwann einmal für Götter halten. Ich kann Götter nicht ausstehen.

Ich fand, dass meine Schlussfolgerung eine Glanzleistung war, und rief Myriem, um sie ihr mitzuteilen. Ihre Augen lagen tief in Höhlen, doch ihr Gesicht strahlte. Ich schaute sie lange an, bis ich begriff. Dann hatte ich größte Lust, sie an den Schultern zu packen und zu schütteln, sie anzubrüllen, alle Frauen anzubrüllen und ihnen zu sagen, dass ihre Freuden keine Blitze und auch kein Licht ausstrahlen würden und sie besser daran täten, aus ihren Gesichtern die Erinnerungen an ihre traurigen Vergnügungen zu tilgen, bevor sie die Welt morgens schamhaft damit beschmutzten.

»Warum hast du mich gerufen?«, fragte sie ruhig.

»Ich wollte dir sagen, dass Hassein in mich verliebt ist und dass mir das gleichgültig ist, aber wenn ich daran denke …«

»Du solltest dir das ernsthaft durch den Kopf gehen lassen. Du solltest allmählich heiraten.«

»Ich und heiraten?« Ich lachte nervös. »Ich muss nur dich anschauen, wie du da vor mir stehst, und schon habe ich keine Lust mehr.«

Sie schaute mich eher verblüfft denn beleidigt an. Dann lächelte sie selbstgefällig, als ob sie die Erinnerung an die vergangene Nacht gegen ihren Willen vor mir verbergen wollte. Offensichtlich hielt sie sich an diesem Morgen für eine der glücklichsten Frauen. Sie begriff nicht, dass es ja gerade darum ging.

»Weißt du, meine Schwiegermutter ist mir egal … solange sie nicht im gleichen Haus wohnt.«

»Selbst wenn deine Schwiegermutter bei dir wohnen würde«, hätte ich beinahe geantwortet, »selbst wenn der Teufel oder der liebe Gott bei dir wohnen würde, würde dich das nicht stören. Vorausgesetzt, dir bleiben die Nächte und das Dunkel, um mit deinem Mann zu schlafen.« Doch ich drehte ihr wortlos den Rücken zu. Aus Mitleid, aus Ekel ließ ich sie mit ihren offenbarten Geheimnissen allein.

Man hat mir beigebracht, Frauen in drei Kategorien einzuteilen: Frauen, die von ihrem Kopf, und solche, die von ihrem Herzen bestimmt wurden; und dann die kleinen Weibchen wie Myriem mit ihrem unstillbaren Hunger nach Sex. Um mich selbst zu befragen, schaute ich mich im Spiegel an: Ich war gefühllos, herzlos und hatte keine eindeutigen Präferenzen.

Nur weil ich nichts anderes zu tun hatte, setzte ich meine Berechnungen fort. Ja, Hassein war verliebt in mich, ein neuer Sieg. Ich zog mich an, war wieder froh. Ich wusste, dass ich widerwärtig war, war aber mit mir zufrieden. Myriem hatte ihre Ergüsse, und mir blieb mein Sieg. Sieg? War das wirklich mein einziges Ziel bei dieser Menschenjagd? Eigentlich wollte ich es gar nicht so genau wissen, um nicht auf die Ergebnisse meiner früheren Flirts, meiner Verlobung und all der kleinen Kämpfe meiner toten Vergangenheit zu stoßen: viele Masken, die herabgefallen waren und hinter denen sich nichts verborgen hatte.

An meinem Arbeitstisch vor meinen lateinischen Wörterbüchern sitzend, rekapitulierte ich: Ich brauchte Hassein. Ich würde alles daran setzen, ihn zu erforschen, ihn zu entlarven, ihn zu besiegen. Mit welchen Mitteln? Warum nicht mit dem banalsten, warum nicht mit Eifersucht? Ich zitierte laut: »Die Straßen bleiben gleich, nur die Wesen ändern sich.«

Ja, ihn eifersüchtig machen, ihn ruhig stellen, ihm die Einöden der Eifersucht aufzeigen. Mir fiel auch gleich ein, auf wen ich zurückgreifen konnte.

Ali. Ali und dessen Schönheit, dessen Ernsthaftigkeit und Reife, Ali, den ich bewunderte, den ich sogar zu lieben meinte oder vielleicht auch liebte, darauf kommt es nun nicht an. Man täuscht andere am besten, wenn ein Teil der Täuschung auf Wahrheit beruht. Ich malte mir bereits Szenen aus und stützte mich dabei auf Erinnerungen an verschiedene Bücher und Filme. Ich wollte das kleine, arglose, ein wenig provozierende Mädchen spielen, das Ali vergöttern würde. Hassein würde sich aber nicht so einfach täuschen lassen. Er würde erleben, wie ich den untreuen Gatten herausforderte und die vertrauensselige Jugendfreundin betrog. Er würde mich beleidigen und hassen, doch er gehörte zu den Männern, deren Liebe die Form von unerbittlichem Hass annahm.

Ich übersetzte beschwingt einen Aufsatz Senecas über die Mäßigung. Als ich von meinem Schreibtisch aufstand, war ich zu dem Schluss gekommen, dass Hassein ein leidenschaftlicher Mensch war und somit noch lange nicht so langweilig wie die anderen.

Vielleicht würde ich ihn anschließend behalten. Er war auf seine Art aufrichtig.

In den folgenden Tagen beschäftigte ich mich fast ausschließlich mit Hassein, obwohl ich es vermied, mit ihm allein zu sein. Er schien Ali und Jedla unbedingt unsere Verbundenheit demonstrieren zu wollen. Während der langen Spaziergänge in den Buchten, die sich wie die

Perlen einer Kette aneinander reihten, nahm er mich zuweilen an der Hand, aber nur dann, wenn wir vor den beiden hergingen. Kurz darauf ließ er sie wieder los, als ob er Scham empfand. Er lächelte, als ob er glücklich sei, doch seine inquisitorischen Augen funkelten ironisch. Was wollte er? Ich wusste, dass er nicht so blasiert war, sich auf einen Kuss etwas einzubilden, zumal er sich bis zum heutigen Tag durch schätzenswerte Diskretion ausgezeichnet hatte.

Als er mir eines Tages seinen Arm zwanglos um meine Schulter legte, befreite ich mich mit einer heftigen Geste. Ich schaute ihn wütend an. Als ich mich umdrehte, begegnete ich Jedlas Augen, die uns beobachtet hatte. Ali ging unbekümmert hinter ihr. Wortlos fand sich unsere Gruppe wieder wie nach einem Bruch zusammen.

Eine halbe Stunde später gingen wir zum Strand. Das Wasser sah kalt aus. Nur Hassein wollte schwimmen. Wäre ich allein gewesen, dann wäre ich unter Umständen ebenfalls ins Wasser gegangen, denn ich mochte es, wenn das Wasser trotz der Sommerhitze eiskalt war, doch ich wollte nicht mit Hassein allein sein. Ali hatte Lust auf einen Spaziergang. Ich ging sofort auf seinen Vorschlag ein, während Jedla es vorzog, sich am Strand hinzulegen; sie bat uns, sie alleine zu lassen.

Lange gingen wir auf einem schmalen Pfad durch einen großen, hellen Eukalyptuswald, der unendlich schien. Ich war ihm noch nie so nahe. Ali war groß, sodass ich zu ihm aufschauen musste, wenn er sprach. Mit geweiteten Augen hörte ich ihm zu. Unbewusst merkte ich, dass er gerne Zuhörer hatte.

Er zügelte seine Begeisterung, als er mir einen langen Vortrag hielt. Ich spürte, wie seine tiefe Stimme bebte:

»Unsere Presse ist korrumpiert«, sagte er, »doch das entmutigt mich nicht. In unserem Land ist unendlich viel zu tun. Ich bin zufrieden, dass ich nach Algier zurückgekehrt bin. Die Zeitung, die ich gründen werde, wird zweisprachig erscheinen. Französisch und Arabisch. Natürlich wird es nicht einfach sein, ich mache mir keine Illusionen. Doch wenn ich relativ schnell die Jungen für mich gewinne, kann ich durchhalten. Jedla hat Angst, dass es ein Fehlschlag wird. Doch das ist lange nicht so schlimm wie diese Lethargie, der lange Schlaf, in dem sich unser Land befindet. Wir sprechen immer noch von der Kolonisation. Und behalten unsere geistige Haltung als Kolonisierte bei. Daran müssen wir rütteln, und das müssen wir den Leuten in unserer Sprache beibringen.«

Ich hatte dazu nichts zu sagen, doch das schien ihn nicht weiter zu kümmern. Er brauchte einen Zuhörer. Er sprach von Dingen, die mir fremd waren, und ich bewunderte ihn. Und diese Bewunderung war das erste Mal rückhaltlos. Seine Augen strahlten. Ich sagte mir, ich könne das Spiel – mein Gott nochmal – aufrichtig, das heißt ohne Heuchelei, gut voranbringen. In den Augenblicken, wenn der Weg besonders schmal wurde, drängte ich mich an ihn, um das Gebüsch mit seinen Dornen zu umgehen, und mir war, als ob ich ihn dabei gestreift hätte. Ich malte mir aus, wie mich die Nähe seines Körpers verwirren könnte.

Ich merkte, wie er in erneutem Schweigen versunken war. Ali erschien mir rein, makellos, und es war diese Reinheit, die mir half. Alles war einfach. Ich konnte den Plan verfolgen, den ich an jenem Vormittag ausgeheckt hatte. Ich dachte an Hassein, der inzwischen wohl aus dem Meer gekommen war und sich neben Jedla ausgestreckt hatte, die ruhig und allein zurückgeblieben war.

Als wir zu ihr kamen, war sie in der Tat ruhig und gelassen. Aber ich hatte ihre Stimme vergessen, die sie bewusst in die Länge zog. »Wie war euer Spaziergang?« Ein banaler Satz, gleichgültig ausgesprochen. Ali antwortete zerstreut, als ob er mich die ganze Zeit geküsst hätte, stellte ich zufrieden und gleichzeitig bitter fest.

Sie warf uns einen kurzen Blick zu. Plötzlich fand ich mich nicht mehr zurecht.

Nein, sie war nicht eifersüchtig. In ihrem tiefsten Innern schien sie zu lachen und ihren Sieg zu genießen. Das war keine Eifersucht. Kein hässlicher Mund und keine trockenen Augen wie bei Hassein.

Was hatte sie? Worauf wollte sie hinaus? An diesem heißen, stumpfen Sommertag nahm ein undurchsichtiges Spiel mit uns als Spieler seinen Anfang. Seine Fäden spannen sich in der teilnahmslosen Luft. Jedla überwachte das merkwürdige Muster.

Intuitionen dieser Art beeindruckten mich immer. Unter ihrem Einfluss hätte ich Hassein gegenüber eigentlich nachgiebig und zärtlich sein müssen. Ali war naiv oder abwesend. Hassein dagegen trotz seines bitteren Lachens aufrechter und jünger. Vielleicht konnte er sogar zärtlich sein, obwohl ich seine beißenden Küsse, die stumme Glut seiner Umarmungen und selbst seine Zornausbrüche liebte. Neulich hatte er mich abends brutal an seine Brust gepresst. Doch jetzt war das schon wieder weit weg, sehr weit. Die wütenden Blicke, die er mir zuwarf, beunruhigten mich.

Bei der Rückfahrt saß Ali im Wagen dicht neben mir. Ich spürte, wie nahe seine Schulter war, ohne dass ich mich hätte umdrehen müssen. Der Fahrtwind verjagte meine Angst. Wie noch nie zuvor sehnte ich mich nach einer Männerschulter. Egal welche. Hatte mir das Schicksal Alis Schulter zugedacht?

Ich wäre gerne Fatalistin gewesen.

7

Von da an fühlte ich mich als Intrigantin. Ich mochte die Rolle und die damit verbundene Einsamkeit. Eine Intrigantin kann auf niemand zählen und alle benutzen. Alles in allem ist sie eine klar definierte Person ohne Zaudern oder Makel. Ich freute mich schon im Voraus auf diese Rolle und roch begeistert an der Maske, bevor ich sie mir aufsetzte. Nein, sie war mir nicht etwa zu groß, dessen war ich sicher.

Umso enttäuschter war ich, beinahe fühlte ich mich erniedrigt, als mir Jedla schon vom ersten Moment an zu Hilfe kam. Schweigend. Zunächst hoffte ich, es geschähe unbewusst. Doch alles war so einfach, zu einfach. Ich hätte nicht an ihre helfende Hand glauben sollen. Ein Blick in ihre Augen hätte ausgereicht, mich davon zu überzeugen, dass sie nicht aus Großzügigkeit heraus handelte. Ihre Augen sprachen mich nie an, öffneten sich nur selten und glänzten wie ein in sich selbst ruhender Diamant.

Ich hätte mich vor allem an dem Morgen vor ihr hüten müssen, als sie, ganz in Schwarz gekleidet, auf der Schwelle ihrer Villa erschien, was sie alt, mager und fern aussehen ließ. Ali setzte sich auf die Rückbank, Hassein neben mich. Er fragte Jedla hastig: »Kommen Sie nicht mit? Haben Sie Ihre Meinung geändert?«

Sie schaute mich an, nur mich. Wir dachten beide gleichzeitig daran, dass Hassein in Algier bleiben und ich mit Ali allein zurückfahren würde. Ich spürte, wie heftig mein Herz unter ihrem Blick zu schlagen begann. Sie lächelte ein wenig traurig, etwas gequält. Sie hatte tiefe Schatten unter den Augen und sah bleicher aus als sonst.

»Ich bin müde«, begann sie.

Diese einfachen Worte riefen in uns ein Unwohlsein hervor. Sie musste es gespürt haben, denn ihre Stimme wurde leichter. Das tat mir so weh, dass ich meinen Kopf wegdrehen musste. Dabei sah ich im Rückspiegel zufällig Alis sorgenvolle Stirn. Hassein hörte Jedla wirklich interessiert zu, er mochte sie sehr. Ich hätte nie gedacht, dass er so viel aufrichtigen Respekt aufbringen könne.

Sie fuhr fort: »Ich verschiebe meine Einkäufe auf nächste Woche. Das war nicht wirklich wichtig. Ali hat außerdem in Algier viel zu viel zu erledigen, er würde mich ohnehin nur allein lassen. Bis heute Abend also!«

Während der Fahrt nach Algier herrschte beinah totale Stille. Ali hatte offensichtlich keine Lust zu reden. Ich erinnerte mich an die tiefen Ringe unter Jedlas traurigen Augen. Ich stellte mir die Nacht vor, die Ali und Jedla miteinander verbracht hatten, und war neidisch auf die Menschen, die wie Ali ihre Nächte wie einen schweren, kostbaren Sack mit sich tragen können. Dann dachte ich verzweifelt an meine einsamen, leeren Nächte, an die Zwischenspiele, die meinem Leben einen Rhythmus verliehen und wie regelmäßige Atemzüge einen monotonen Marsch unterbrachen. Überzeugt, dies sei auf meine Unschuld zurückzuführen, wollte ich das Wort laut aussprechen, laut und schrill. Hasseins Lachen hätte mich nicht gehemmt, doch Ali war ja auch dabei.

Ich hielt mitten in Algier vor der soeben frisch gekalkten Post. Hassein fragte, um wie viel Uhr ich von wo wieder aufbrechen wolle. Er habe seine Pläne geändert, wolle seine Arbeit an einem Tag erledigen und wieder mit uns zurückfahren. Während Ali sich entfernte, schaute er mich an und pfiff ironisch. Er machte sich nicht einmal die Mühe, seine Absichten zu verbergen.

»Ich werde Sie auf keinen Fall von der Gelegenheit profitieren lassen!«, sagten seine Augen bösartig.

Mit Vollgas fuhr ich los. Ich hätte über seine spontane Reaktion, die meine Pläne erleichterte, zufrieden sein, im Voraus triumphieren sollen. Das war mir klar, und trotzdem fühlte ich mich unwohl.

Nachdem ich einige Zeit in der Universitätsbibliothek herumgetrödelt hatte, fuhr ich zu meiner älteren Schwester Leila zum Mittagessen und für einen Mittagsschlaf. Sie war dreißig Jahre alt und verheimlichte das auch nicht. Ich fand sie schön, auch wenn ihr Gesicht, das einen starken Willen verriet, etwas hart war. Sie entschied für alle: für sich selbst, für ihren Mann, ihre Kinder und sogar für ihre Schwiegermutter. Nur ich wurde gefragt. Sie betrachtete mich als ein freies – oder vielmehr gefährliches – Wesen, bei dem man auf alles gefasst sein musste. Ich mochte sie, obwohl sie mich auch ermüdete.

Sie zeigte mir ihre neuen Kleider, sprach schlecht über ihre Freundinnen, verheiratete viele Pärchen und kam dann auf mich zu sprechen. Ich erzählte ihr, mit wem ich gekommen war. Sie fragte mich über Jedla und ihren Mann aus. Als sie erfuhr, dass Jedla ungern ausging, nur widerwillig Kleider kaufte, mager und ungesellig war, beschloss Leila, sie ein für alle Mal aus ihrer Welt auszuschließen. Ich fügte noch hinzu, sie sei gerade aus Paris zurückgekehrt, und ihr Mann sei Journalist.

»Wenn er wirklich Journalist ist, umso besser. Heutzutage trifft man doch nur Ärzte und Rechtsanwälte.«

Sie redete gern in diesem belehrenden Ton und fühlte sich nur dann originell, wenn sie Sätze ihres Mannes zitierte. Ich beschränkte mich darauf, Hasseins Meinung wiederzugeben: »Ein Journalist mit Zukunft«, hatte er gesagt. Ohne zu wissen warum, fügte ich hinzu, Ali liebe seine Frau. Doch Leila war nicht sentimental. Myriem hätte bei diesem Satz geseufzt, mich nach Details gefragt und versucht, ihre Wollust hinter freundlicher Anteilnahme zu verbergen.

Auf den Namen Hassein hatte Leila sofort reagiert. Sie hatte schon einmal erklärt, er sei der Einzige, der einen guten Mann für mich abgeben könne. »Ein echter Mann«, hatte sie betont. Auf diesem Gebiet vertraute ich ihrem Urteil. Sie verfügte über den Realitätssinn unserer alten, weisen Frauen.

»Siehst du ihn von Zeit zu Zeit?«

Ich sagte, dass es so war.

»Ich war schon immer davon überzeugt, dass er eine ausgezeichnete Partie abgibt: Er hat eine gute Familie und eine florierende Kanzlei. Und anscheinend auch Charakter. Er ließe sich sicher nicht zweimal bitten«, hatte sie mit einem verträumten Blick hinzugefügt.

Sie hielt es nicht für notwendig, Genaueres zu sagen, denn es erschien ihr nur allzu offensichtlich: Er würde eine reiche und schöne junge Frau heiraten. Sie meinte das ernst und keineswegs zynisch.

Ich schaute sie bewundernd an. Leila war stark und realistisch, was mich wiederum ermutigte. Sie lebte innerhalb fester, ihr Sicherheit verleihender Grenzen. Das von ihrer Mutter ererbte kabylische Blut schlug durch: Leila und Myriem waren meine Halbschwestern. Ihre geschiedene Mutter lebte in ihrem Dorf, auf dem Land, wie man sagte. Sie reiste nie nach Algier, sprach ein hartes Arabisch und trug wie die starken Bäuerinnen weite Djellabas. Ich hatte sie nur ein einziges Mal bei einer Hochzeit gesehen.

Als die Hitze unerträglich wurde, nahm Leila mich in verschiedene Geschäfte mit. Ich hatte die vielen Müßiggänger vergessen, die flüchtigen Blicke, die die Männer den Frauen wie Blitze zuwarfen, und wiegte mich, ohne es eigentlich zu wollen, leicht in den Hüften wie die Städterinnen. Ich hatte Mühe, Leila zu folgen, die wie ein Wirbelwind von einem Geschäft zum anderen ging, den Angestellten Befehle erteilte, die keinen Widerspruch zuließen, und sich nicht entscheiden konnte. Zwischendurch erzählte sie mir von ihren Schwierigkeiten mit ihrer Putzfrau, einer Spanierin.

»Für das Vergnügen, mich von einer Europäerin bedienen zu lassen, bezahle ich zehntausend Francs über Tarif«, sagte sie bitter. Sie sprach als einziges Familienmitglied ausschließlich Arabisch mit mir. Sie war wirklich wie eine Schwester.

Wegen ihr traf ich verspätet am vereinbarten Treffpunkt ein. Hassein und Ali diskutierten lebhaft. Hassein lächelte mir zu, die Rückfahrt würde fröhlich werden.

Es war noch nicht einmal sechs Uhr. Auf der Straße wehte ein Wind, der frische Meeresluft mit sich führte. Wir fühlten uns wohl. Ich ließ den Wagen wie ein gutmütiges Tier langsam die Küstenstraße hinunterrollen. Das Meer schien neben der Straße zu schlafen. Der Abend versprach eine Feier zu werden.

Als Hassein uns vorschlug, das Kasino von Algier zu besuchen, das etwas außerhalb der Stadt an der Felsenküste lag, stimmte ich fröhlich zu. Ali hatte nichts dagegen. Er schien ruhig, ein wenig uninteressiert, und sprach nur wenig. Hassein führte uns in das Gebäude, als ob er hier zu Hause wäre. Seine alte Ungezwungenheit war wie ein vertrautes Gewand. Nur wenige Besucher waren im Kasino.

Wir blieben mindestens eine Stunde, waren ermattet und träge. Ich hatte den Eindruck, nie mehr aufbrechen zu müssen, die Musik schien nie mehr aufhören zu wollen. Auf der Tanzfläche tanzten einige Paare. Ich warf einen zerstreuten Blick auf die zu stark geschminkten Frauen, von denen ich keine schön fand.

Ali blieb weiterhin geistesabwesend, verträumt. Seitdem wir hier waren, hatte Hassein unablässig getrunken. Als er mich zum Tanzen aufforderte und mich an sich drückte, roch sein Atem stark nach Alkohol. Ich sagte es ihm, doch er lächelte mich nur an, ohne zu antworten. Vom Alkohol hatten seine Augen diesen speziellen Glanz. Als die Musik zu Ende war, flüsterte er mir ins Ohr, er würde ein Spielchen wagen. Vielleicht brächte ich ihm nur dieses eine Mal Glück.

Ich ging zu unserem Tisch zurück und zuckte mit den Achseln. Jetzt erst fiel mir Alis Blick auf, der uns anscheinend beim Tanzen keinen Augenblick aus den Augen gelassen hatte. Ich wurde rot. Plötzlich bekam ich Lust zu reden, laut zu reden. Der alte Ekel, der sich tief in mir zusammengezogen hatte, erwachte zu neuem Leben. Ich sprach und war dabei wirklich ehrlich. »Ab und zu kann ich diese Welt, diese Menschen, diese Rasse nicht mehr ausstehen. In mir ist dann alles plötzlich leer. Ich spüre dann Verbitterung wie eine alte Frau. Reue hilft mir dann auch nicht weiter, und ich weiß nicht, wohin ich fliehen soll.«

Ich war erschöpft, fragte mich aber trotzdem, was er wohl dachte. Ich spürte seine Nähe, als ich gestand, ich würde von einem ruhigen Leben träumen, von friedlicher Stille in der Sonne, im Vergessen. Ich erzählte ihm von meiner Suche nach wirklichen Menschen, die keine Phantome sind. Schilderte meinen Abscheu vor denen, die eng verschlungen tanzten, während ihre Augen trübe waren, als befänden sie sich bereits in der Hölle. Dabei vergaß ich keinen Augenblick die Wollust, das Fieber, das solche Berührungen in mir auslösen konnten, erwähnte aber nur seine Auswirkungen.

»Das ist es also, mein Leben. Normalerweise fließt es schnell. Doch ab und zu verlangsamt es sich, und es fällt mir schwer aufzuwachen. In diesen Zeiten ziehe ich es vor zu schlafen. Dabei weiß ich, dass es noch etwas anderes gibt …«

Mein Pathos war geschmacklos. Ali musste sich peinlich berührt fühlen. Ich erwartete keine Antwort. Er hatte mir aufmerksam zugehört. Als ich meinen Monolog beendet hatte, schaute er direkt mitten in mich hinein. Ich las in seinen Augen, seine Aufmerksamkeit war wie eine kühle Grotte, in der ich mich verlor. Er hatte mir, bildlich gesprochen, seine Hand hingestreckt, über den Tisch, der uns trennte, über Hasseins Champagner hinweg. Im Geiste wollte ich ihm dafür danken.

Hassein kam zurück, düster wie ein Wüstenprinz. Seine Augen waren so schwarz und so groß, wie ich sie noch nie gesehen hatte. Mit einer Kopfbewegung forderte er mich zu einem Tanz auf. Ich wollte schon ablehnen, seine Unverschämtheit hat mir missfallen, vor allem in der Gegenwart Alis und in diesem Augenblick. Doch in diesem Moment hatte ich Angst vor ihm, zweifellos wegen seiner Augen. Nach kurzem Zögern stand ich auf. Mit einem Blick bat ich Ali, mir zu verzeihen.

Hassein drückte mich fest an sich. Er roch noch stärker nach Alkohol als zuvor. Ich fragte ihn, ob er viel Geld verloren habe, denn ich brächte niemandem Glück. Er begnügte sich mit einem undefinierbaren Lächeln. Als er endlich sprach, überraschte mich seine Stimme, tief wie das Meer. Er duzte mich. »Du scheinst dich in Ali Moulays Gegenwart wohl zu fühlen. Ich habe euch eine ganze Weile beobachtet. Du hast geredet wie ein Wasserfall.«

»Ali Moulay hört mir zu und leistet mir Gesellschaft. Er trinkt nicht, er spielt nicht.«

»Ali Moulay ist verheiratet.«

»Wie bitte?«

Meine Angst kroch hinunter bis in meinen Magen, doch ich spielte trotzdem die Angeberin.

»Du hast genau verstanden. Ich wiederhole: Ali Moulay ist verheiratet, er liebt seine Frau, und seine Frau ist deine Freundin. Ich frage mich übrigens, aus welchem Grund, denn seine Frau ist viel mehr wert als du, tausendmal mehr.«

Ich zwang mich, ihn verächtlich zurechtzuweisen: »Sie haben getrunken!«

»Nein.«

»Sie haben getrunken! Sie wissen nicht mehr, was Sie sagen!«

»Nein. Ich sag dir, ich weiß es genau. Ich bin überhaupt der Einzige, der alles durchschaut. Ali Moulay ist naiv und seine Frau anständig. Dich kenne ich zur Genüge. Du hast es auch geschafft, deinen früheren Verlobten einer anderen auszuspannen. Das macht dir wohl Spaß.«

»Das stimmt nicht. Seine Eltern hatten ihn seiner Kusine versprochen. Er selbst wollte sie nie heiraten.«

Er hörte mir nicht einmal zu.

»Du hast ihn einer anderen weggenommen und ihn dann versetzt. Ich kenne dich: Du bist nur glücklich, wenn die Männer dir zu Füßen liegen, selbst wenn sie dir nicht gefallen. Männer sind immerhin auch Menschen. Und sie sind das Einzige, wonach du dich sehnst. Vielleicht interessiert dich Ali wirklich; ausschlaggebend aber ist, dass er verheiratet ist. Du bist auf seine Frau eifersüchtig, und deshalb schreckst du vor nichts zurück. Du stellst die schlimmsten Dinge an, nur um deine Launen zu befriedigen. Ich warne dich: Ich bin da und werde deine Schweinereien verhindern!«

Er sprach leise, aber schnell, und seine Stimme zitterte. Dabei geriet er nicht wirklich außer sich. Er ekelte mich an. Vielleicht hatte er Recht, und dann ekelte ich mich vor der Wahrheit. Doch das war unwichtig. Ich hasste ihn.

»Schweigen Sie!«, fuhr ich ihn an.

Sein Redefluss brach ab. Ich fragte mich, ob er mir wirklich gehorchte. Sein Gesicht entspannte sich. Er drückte mich noch stärker an sich, und allmählich fühlte ich mich unwohl.

Er wurde sanft und zärtlich. Ich hatte immer noch Angst vor ihm. Dann sagte er gepresst: »Küss mich! Küss mich in aller Öffentlichkeit!«

»Sie sind verrückt! Lassen Sie mich augenblicklich los!«

Ich war steif wie ein Baum.

»Küss mich!«, forderte er mich ein zweites Mal auf. »Küss mich vor Moulay.«

Ich schämte mich, wollte fliehen. Sein Zorn wurde immer schlimmer, während er stotterte: »Küss mich!«

In diesem Augenblick verstummte die Musik. Ich ging zu meinem Platz zurück und versuchte, meine Nervosität zu verbergen. Er folgte mir unsicheren Schrittes. Schwankend blieb er vor Ali stehen. Ich wagte es nicht, Ali einen Blick zuzuwerfen, als er betrunken lallte: »Sie will nicht …«

Sein Finger deutete auf mich. Ich stand abrupt auf und unterbrach ihn. »Lasst uns gehen!«

Hassein schlief während der Fahrt ein. Ali und ich schwiegen. Ich fuhr schnell. Ich hatte nur einen Wunsch, so schnell wie möglich zurückzukehren und allein zu sein. Trotz meiner ewigen Gefährten, der blauen Straße und des immer präsenten Meeres, spürte ich, wie der Zorn in mir anschwoll.

Ich hielt vor Hasseins Hotel, das hundert Meter vor dem Dorf lag, und schaute beiseite, als Ali ihn weckte und ihn auf sein Zimmer begleitete. Ich hätte am liebsten vor Wut geheult; das waren die einzigen Tränen, die ich akzeptierte.

Als Ali das Hotel verließ, leuchteten seine Augen kurz auf; er war anscheinend überrascht; dass ich auf ihn wartete. Er begleitete mich bis zur Garage, anschließend gingen wir zu unseren nebeneinander liegenden Häusern am anderen Ende des Dorfes, in der Nähe der Steilküste. Die Nacht war klar. Unsere Schatten verschmolzen mit der Dunkelheit.

Wir dachten an das Gleiche.

Ich sagte stimmlos: »Ich schäme mich für ihn, schäme mich so! Weil es Sie gibt. Und Jedla. Weil Sie rein sind. Ich schäme mich auch für mich!«

Er sprach leise, und in der hellen Nacht klang seine

Stimme beinah zärtlich. Ich hätte gerne sein Gesicht angeschaut, doch ich wagte es nicht. Er sei bereit, mir zu helfen, sagte er, was immer ich auch vorhätte. Ich müsse stark sein. Ich verfüge über einen klaren Geist, deshalb schätze er mich, doch das reiche nicht aus. Ich müsse reagieren. Jedla und er würden mir helfen, das verspräche er mir.

Er sprach lange. Das Dunkel zwischen uns wurde dichter. Als wir an seiner Villa vorbeigingen, deutete ich auf ein Fenster, hinter dem noch Licht war. Ganz laut sagte ich, Jedla warte auf uns.

Vor dem Eingang zu meinem Haus blieb Ali stehen. Eine Straßenlampe in unmittelbarer Nähe strahlte gelblich. Er schaute mich an und lächelte auf einmal. Etwas durchfuhr mich. Ich weiß heute noch nicht, was in diesem Augenblick in mir vorging. Mit erstickter Stimme bedankte ich mich bei ihm.

Und plötzlich griff ich nach seiner Hand und küsste sie flüchtig. Brachte mich dann in Sicherheit, lief zitternd und schamerfüllt ins Haus. Meine Geste war demütig gewesen.

Als ich ins Bett ging, existierten meine Pläne nicht mehr, nur noch meine Gefühle und mein verwirrtes Herz. Ich hatte Ali geküsst, wenn auch nur seine Hand. Der Duft der Nacht, die vulgäre Stimme des betrunkenen Hassein und das gelbe Licht der Straßenlaterne hatten dazu beigetragen.

Ich dachte kurz an das erleuchtete Fenster Jedlas in der Nacht. Ali und ich waren nebeneinander an dem Haus vorbeigelaufen.

Wie immer schlief ich auch in dieser Nacht sehr tief.

8

Am nächsten Morgen verhielt ich mich trotz der Anwesenheit Jedlas Ali gegenüber völlig ungezwungen. Er ist meinem Blick ausgewichen. Ich schloss daraus, dass er seiner Frau nichts gesagt hatte. Gegen seinen Willen wurde er zu meinem Komplizen. Ich fühlte mich sicher. Und kein Geheimnis hätte mich daran gehindert, mit ihm zu lachen und mich mit ihm flüsternd zu unterhalten. Vielleicht war ich skrupellos, aber ich akzeptierte mich, und das war das eigentlich Wichtige.

Heute kann ich nicht verstehen, warum ich mir damals nicht einen Augenblick lang die Frage gestellt hatte: »Wie denkt er über meine Geste, diesen Kuss?«

Damals war ich stark, weil mir die Meinungen der anderen gleichgültig waren. Ihr Urteil interessierte mich nicht. Sie beeindruckten mich, weil sie da waren. Ein Lächeln, ein Blick, das Timbre einer Stimme, dafür war ich empfänglich, für nichts sonst.

So fror es mich plötzlich an diesem Morgen, als ich in Jedlas übernächtigten Augen abgrundtiefen Hass entdeckte. Bisher war sie mir gegenüber fast immer gleichgültig gewesen. Ab und zu hatte ich Verachtung und noch seltener Zärtlichkeit gespürt. Eines Tages hatten mir ihre Augen vor der dunklen Tür eines heute vergessenen Gymnasiums ein leidenschaftliches »Nein!« signalisiert. Damals nicht aus Hass, sondern aus blinder Revolte. Es war wie ein Unwetter gewesen. Hass hat etwas Eiskaltes an sich, war wie eine wilde Flucht. Das erfuhr ich erst an diesem Morgen.

Ich hatte meinen kleinen Neffen bei mir. Rachid war vier Jahre alt. Er war nicht gerade schön. Ich mochte ihn wegen seiner Launen, seines schwierigen Charakters und seines ungeselligen Wesens. Manchmal reagierte er so überraschend, dass ich nicht wusste, wie ich mich verhalten sollte. Ich küsste ihn also überschwänglich. Er war dann immer merkwürdig gehorsam, zog eine komische Schnute und zwinkerte mit den Augen, als ob sein Gesicht einem heftigen Wind ausgesetzt wäre, was ihn noch charmanter machte. Ich liebte nur dieses Kind.

An diesem Morgen hatte er meine Hand gepackt und mir bockig befohlen: »Nimm mich mit!«

Myriem hatte mich angefleht, ihr den halsstarrigen kleinen Jungen abzunehmen. Sie beschäftigte sich fast ausschließlich mit dem Kind, das sich in ihrem Bauch bewegte, was ich ihr zynisch auf den Kopf zusagte. Mein ironischer Unterton und mein schrilles Lachen verletzten mich dabei selbst. Ich wusste, dass ich bösartig war, hatte aber keine Gewissensbisse, wenn sie seufzte. Ich nahm Rachid an der Hand.

Ali begrüßte ihn begeistert. Die beiden wurden auf Anhieb Freunde und retteten sich in den Garten. Von der Veranda aus hörte ich ihr Lachen. Jedla, die noch genauso bleich war wie am Vortag, schien nervös zu sein. Sie hörte mir kaum zu, als ich ihr meinen Tag in Algier schilderte. Allerdings überging ich Hasseins merkwürdiges Verhalten. Hassein selbst tauchte an diesem Morgen übrigens nicht auf.

Ich hatte mit Rachid zum Mittagessen wieder zu Hause sein müssen. Jedla wollte mich zurückhalten, doch das war ausgeschlossen. Ali und Rachid kamen mit ruhigen Schritten zu uns zurück, wie langjährige Freunde, die von einer langen Reise zurückkehrten. Jedla schien plötzlich voller Energie. Sie bestand darauf, Rachid ein Stück Kuchen zu schenken, den sie gerade gebacken hatte. Als sie mit einem Teller in der Hand aus der Küche kam, schien sie fast glücklich zu sein.

Sie lächelte verhalten, als sie dem Kind den Kuchen hinhielt. Ich beobachtete, wie Rachid plötzlich launisch wurde. Er senkte den Kopf und machte einige Schritte rückwärts. Jedla ermutigte ihn mit Worten. Sie kniete sich neben ihm auf den Boden und bot ihm von neuem mit dem gleichen, verhaltenen Lächeln den Kuchen an. Erst als der Junge zum zweiten Mal schweigend ablehnte, wurden Ali und ich auf die Szene aufmerksam – und ängstlich. Dasselbe hartnäckige Schweigen Rachids, sein böser Blick auf den Teller. Und die geduldige Stimme Jedlas, die weiter lächelnd auf ihn einredete.

Rachid wich immer weiter zurück, bis er meine Beine berührte. Jedla streckte ihm ein drittes Mal den Kuchen entgegen. In ihren schmalen Augen zeichnete sich so etwas wie eine Bitte ab und gleichzeitig auch Angst. Rachid schüttelte den Kopf und klammerte sich an mich. In Jedlas Augen traten auf einmal Tränen. Sie stellte den Teller auf dem Verandatisch ab und floh in die Küche.

Ali und ich schauten uns beunruhigt an. Dann ging ich zu ihr in die Küche. Sie stand aufrecht mit dem Gesicht zur Wand und rührte sich nicht. Dieser nur ein wenig vom Schluchzen geschüttelte, aber gerade Rücken brachte mich völlig durcheinander, denn ich hatte angenommen, sie wäre zusammengebrochen. Sie schien für immer vor der Steinwand stehen bleiben zu wollen.

Mir fiel nur ein, meine Hand auf ihre Schulter zu legen und leise zu sagen: »Jedla! Jedla!«

Sie drehte sich abrupt um. »Verschwinde!«, schrie sie. »Verschwinde. Lass mich in Ruhe! Lasst mich alle in Ruhe!«

Selbst durch ihre Tränen hindurch konnte man ihren Hass sehen.

Als ich wieder auf die Veranda kam, wusste ich, dass Ali zugehört hatte. Er wollte mich nach Hause begleiten. Offensichtlich hatte er keinen Mut, zu Jedla zu gehen. Ich hatte nur ein trauriges Lächeln für ihn übrig.

Vor der Tür zur Villa meiner Schwester sagte er mir mit fester Stimme, als ob er seine Worte auf dem schweigsamen Weg sorgsam abgewogen hätte: »Nadia, bitte entschuldigen Sie meine Frau. Seien Sie nicht böse auf sie.«

Ich zuckte nur mit den Schultern und wurde mir bewusst, dass ich die bessere Rolle zugeteilt bekommen hatte: Ich konnte die Nachsichtige und gleichzeitig Erschöpfte spielen.

»Bitte, verstehen Sie sie. Sie ist seit einigen Monaten, seit ihrer Fehlgeburt, ständig nervös und gereizt. Sie ist davon überzeugt, nach der Fehlgeburt keine Kinder bekommen zu können. Als sie feststellen musste, dass Rachid Angst vor ihr hatte, konnte sie das nicht ertragen.«

Er drückte mir die Hand und unterstrich mit dieser Geste seine Bitte. Ich meinte, ich sei wirklich nicht böse auf seine Frau, versprach wiederzukommen, und lächelte sogar, um ihn zu beruhigen.

Den ganzen Tag über suchte ich nach Gründen, um glücklich zu sein: Jedlas Freundschaft war mir gleichgültig geworden, jetzt, wo ich die Alis und sein Vertrauen gewonnen hatte. Ich wollte dieses Vertrauen in dem Augenblick ausnutzen, in dem Hassein seine Drohungen aufgab und etwas Neues begann. Letztlich ließ mich dieser »neue Abschnitt« kalt. Der Beginn dieses komplizierten Spiels, das ich erfunden hatte, um meine Selbstachtung und meinen Müßiggang zu befriedigen, hatte mich in seinen Bann gezogen. Aber ich sah mich nicht in der Lage, das Spiel zu Ende zu spielen. Ich fand Ali zu charmant, fürchtete Jedla sehr und vergaß Hassein, sobald er nicht mehr präsent war.

Ich lief Gefahr, mich in den Fäden zu verfangen, die ich selbst gespannt hatte. Dabei hatte ich nicht einmal mit Jedlas Hass gerechnet. Oder mit ihrer Hilfe, was auf das Gleiche herauskam.

In den folgenden Tagen waren Ali und Jedla so freundlich und zuvorkommend, dass ich den Zwischenfall vergaß, zumal es sehr einfach war, ihn auf Jedlas Nervosität zurückzuführen. Anders ausgedrückt: Wir enthüllten Jedlas Geheimnis und kleideten sie in Komplexe ein.

Ich interpretierte nun die verschiedenen kleinen Anzeichen als Auswüchse einer natürlichen Eifersucht bei einer sterilen Frau. Es war mir ein Leichtes, die Rolle als Freundin der Familie wieder aufzunehmen.

Von Zeit zu Zeit allerdings erinnerte ich mich an das tränennasse Gesicht und die hasserfüllten Augen, auch an die Stimme, die, sich überschlagend, mir befohlen hatte zu verschwinden. Ich versuchte, diese unangenehme Empfindung aus meinem Gedächtnis zu streichen, und wiederholte mir immer wieder Alis Worte. Ich wollte an die Freundschaft der beiden glauben, in deren Nähe ich mich wohl fühlte.

Ich traf Hassein nur ein- oder zweimal in Gesellschaft Alis und Jedlas. Mir gegenüber schwieg er aggressiv, versuchte aber trotzdem, zumindest einen Blick mit mir zu tauschen. Ich ignorierte ihn. Eines Nachts stand ich an meinem Fenster und meinte, ihn ums Haus streichen zu sehen. Lange stand ein Mann unter der Straßenlaterne und rührte sich nicht. Er konnte von seinem Platz aus mein beleuchtetes Fenster sehen. Hassein wusste, wo mein Zimmer lag. Ich malte mir aus, wie ich einige Tage früher sicher nicht gezögert hätte hinunterzugehen, doch in dieser Nacht legte ich mich ins Bett, ohne mich um den Unbekannten zu kümmern. Hassein verschwand für lange Zeit aus meinem Umfeld.

Selbst am Tag vor Alis Abreise tauchte er nicht auf. Dabei wusste er, dass Ali für zwei, drei Wochen nach Paris fahren wollte. Vor einiger Zeit hatten Ali und Jedla bereits beschlossen, dass Jedla am Meer bleiben sollte, da ihre Wohnung in Algier noch nicht fertig eingerichtet war. Ali bat eine seiner Schwestern, Jedla Gesellschaft zu leisten. Ich versprach, so oft wie nur möglich bei Jedla vorbeizuschauen. Beruhigt fuhr Ali ab.

In Jedlas Gegenwart sagte er mir am Tag seiner Abreise halb ernst, halb lachend, er vertraue mir seine Frau an. Wir begleiteten ihn zum Flughafen von Algier. Als er mir zum Abschied die Hand reichte und fest in die Augen blickte, war ich fast stolz, sein Vertrauen gewonnen zu haben.

Das war gar nicht so schlecht. Und in diesem Augenblick dachte ich, dass ich damit sogar zufrieden war.

Jedlas Schwägerin, Aicha, war eine alte, mürrische und bereits völlig verwelkte Frau. Sie lief den ganzen Tag von einem Zimmer ins andere und murmelte wie eine Verrückte leise vor sich hin. Jedla flehte mich an, zu ihr zu kommen. Ich ging gerne auf ihren Vorschlag ein, zumal Myriem sich inzwischen mit ihrer Schwiegermutter ausgesöhnt und diese eingeladen hatte, zu ihr zu kommen. Ihr Haus dröhnte auf Grund des geräuschvollen Meinungsaustausches zwischen den beiden. Ich zog die Stille in Jedlas Villa vor.

Wir verbrachten jetzt nicht nur die Tage, sondern auch die Abende zusammen. Dieses Gefühl, das ich immer in ihrer Gegenwart hatte, tauchte lückenhaft aus meiner Kindheit auf, und ich fand es wieder neu und mir fremd. Die Tage flossen langsam dahin. In dem kühlen Haus waren nur Aichas schleifende Schritte zu hören, die in ihren Träumen umherirrte.

Morgens ging ich allein zum Strand. Doch selbst da spürte ich Jedlas Gegenwart, wie sie weit hinten im Garten stand. Tropfnass und mit Algen bedeckt lief ich zum Haus zurück.

Sie schenkte mir ein halbes Lächeln, dessen Gunst mich alles vergessen ließ. Während wir mit gutem Appetit aßen, hörte ich immer wieder Jedlas hell klingendes, frisches Lachen, das wie ein Tautropfen im Frühling perlte. Wir scherzten häufig und waren selbst davon überrascht. Selbst Aicha, die unser Französisch nicht verstand, stimmte ab und zu nachsichtig in unser Lachen ein.

Manchmal war Jedla damit einverstanden, mich an den Strand zu begleiten. Sie streckte sich etwas abseits von den Leuten auf einem Liegestuhl aus. Ich ließ mich vor ihr in den Sand fallen und bat sie, mit mir ins Wasser zu gehen. Doch sie schüttelte nur den Kopf und lehnte jedes Mal ab, wobei sie verschiedene Gründe anführte, je nach ihrer Stimmung. Ich sollte nie wissen, welcher echt war.

Sie sagte: »Ich möchte vor den anderen nicht nackt

erscheinen.« Oder: »Ich bin viel zu mager, um einen Badeanzug zu tragen.«

Ich erinnere mich auch, wie unsere Abende ausklangen. Nachdem unsere Ruhe ganz in den Frieden der Nacht eingetaucht war, schliefen wir wie zwei Schwestern im gleichen Zimmer. Wir schoben die Betten näher zusammen, und oft unterhielten wir uns noch lange im Dunkeln.

Unser Leben hätte so bis in alle Ewigkeiten weitergehen können. Ich interessierte mich nur noch für das Meer und Jedlas warme Stimme. Und für unsere Freundschaft. Hätte ich damals schon verstanden, dass es sich nur um eine List handelte, dann wäre ich verwirrt mitten in der Nacht geflohen, um nie mehr zurückzukommen.

9

Sie hatte an diesem Tag einen Brief aus Paris bekommen und sich in ihrem Zimmer eingeschlossen. Ich benutzte die Gelegenheit, um Myriem zu besuchen. Ihre Schwiegermutter hasste mich. Das zeigte sie mir, indem sie mich mit ihren großen Augen, über denen schwere Lider hingen, herausfordernd anschaute. Ich ertrug ihre unverschämten Fragen, ihre arglistige Neugier gleichmütig. Nach dem Abendessen kehrte ich zu Jedla zurück.

Ihr Gesicht verblüffte mich: Normalerweise war es bleich, nun aber leicht gerötet. Ihre Augen waren weit geöffnet, wie die einer Gazelle, die in die Wüste flieht. Und es waren ihre Augen, die sie noch fremder aussehen ließen als sonst. Auch an diesem Abend saßen wir noch lange nach Sonnenuntergang auf der Veranda im Dunkeln. Aicha dagegen hatte sich wie die Maulwürfe schon früh schlafen gelegt.

Ich war an ihr Schweigen gewöhnt, doch an diesem Abend war es anders. Es ärgerte mich. Viele Tage konnten verstreichen, während deren sie schweigsam blieb, was ihre Gegenwart nur noch verstärkte. Doch an diesem Abend war sie abwesend. Verärgert stand ich auf.

Ich machte plötzlich das Licht an. Jedla wurde geblendet und kniff die Augen zusammen. Ich war böse auf sie und schaltete das Radio ein. Jazz erfüllte den Raum.

Sie rührte sich nicht und sagte kein Wort. Ich war immer noch zornig und verspürte gleichzeitig leichte Gewissensbisse. Doch die vertrieb ich schnell. Die Musik mit ihrem lärmenden, stampfenden Rhythmus half mir dabei.

Fröhlichkeit kam sogleich wieder in mir auf, unwichtig, dass sie gespielt war.

Ich ging von einem Zimmer ins andere, nur, um etwas zu tun, und war noch ganz in die Musik und Leichtigkeit versunken. Ich zog mich endlich aus, doch als ich meinen Pyjama übergestreift hatte, stellte ich fest, dass ich nicht zu Bett gehen wollte. Also ging ich wieder auf die Veranda, wo Jedla immer noch in der Ecke saß, im Dunkeln. Ihr Profil zeichnete sich gegen das Licht ab.

Sie lächelte mich an, und ich verzieh ihr alles.

Ich setzte mich zu ihren Füßen auf den Boden und lehnte meinen Kopf an ihre Knie. Ich liebte sie zu diesem Zeitpunkt auf eine seltsame Weise. Endlich waren ihr Schweigen, ihre Einsamkeit und mein Zorn vorüber. Sie sprach und sprach. Unter der Last der Worte hielt ich meine Augen geschlossen. Sie erzählte von Ali, der seine Geschäfte in Paris äußerst erfolgreich abwickelte. Er war sich jetzt fast sicher, dass er in Algier seine Zeitung gründen konnte.

Sie sprach lange. Ihre letzten Worte beeindruckten mich am stärksten und blieben in meinem Gedächtnis haften. »Ich bin glücklich. Alles wird jetzt einfach, alles schön sein …«

Noch heute habe ich das dunkle Timbre ihrer Stimme voller Hoffnung im Ohr, als sie fast wie eine Klage vorbrachte: »Ich bin glücklich!«

Ich war es ebenfalls. Dabei dachte ich nur an sie. Sie strahlte. Natürlich taten die helle, laue Nacht, der Mond mit seinem großen, gelben Hof, der Garten und dahinter das tintenschwarze Meer ihr Übriges dazu. Und das Licht im Zimmer, das ihr Profil bleich und zart erscheinen ließ. Aber von ihr gingen die Strahlen aus.

Bittend schaute ich zu ihr hoch: Wenn sie doch nur immer in diesem Rausch und diesem Glück leben könnte, dann wäre auch für mich alles gut. Dann wäre auch ich zufrieden.

Jetzt hatte ich das Bedürfnis zu reden, zu bitten und laut zu denken. Um alte Gewissensbisse zum Schweigen zu bringen? Um Verzeihung zu erlangen? Oder nur, damit sie mich endlich anschaute und ihr Blick, der in der Ferne verharrte, auf mich fiel?

Ich sprach und sagte ihr, wie unendlich ich sie liebe, sie immer geliebt und gleichzeitig gefürchtet und bewundert hatte. Wie sehr ich sie und Ali als Paar liebte. Ich sprach mich in eine Erregung hinein und konnte mich nicht mehr zurückhalten. Ich sagte, sie und Ali seien in meinen Augen reine Wesen, die mich rührten und gleichzeitig ängstigten. Ich sprach wie im Wahn. Letzten Endes fand ich die Worte, und als wollte ich ihr etwas beweisen, erzählte ich ihr von dem flüchtigen Kuss, den ich auf Alis Hand gedrückt und wie ich mich bei ihm bedankt hatte. Erst da kam ich wieder zu mir. Es herrschte Schweigen. Da war die Nacht, und ich begriff, dass nicht einmal die Nacht mir jemals verzeihen würde, was ich soeben gestanden hatte.

Das Schweigen hielt gerade so lange, dass ich Angst bekam. Alles war verloren.

Jedla zitterte plötzlich. Sie zwang sich, ruhig zu bleiben, doch ich spürte, wie ihre Stimme leicht bebte. »Ich habe schon immer gewusst, dass zwischen euch etwas gewesen ist. Das war mir schon immer bewusst. Übrigens habe ich, seitdem du hier wohnst, nach einem Mittel gesucht, dich zum Reden zu bringen.« Sie lachte schrill. »Doch heute

Abend, ausgerechnet heute Abend, damit habe ich nicht gerechnet.«

Sie lachte ein zweites Mal, lange. Es tat mir weh. Trotzdem sagte ich nichts. Wir standen auf und gingen wortlos zu Bett. Am liebsten wäre ich in dieser Nacht aus dem Haus geflohen.

Es geschah am Abend. Seit dem frühen Morgen hatte ich gespürt, wie nervös sie war. Eine aufgesetzte Ruhe lag auf ihrem Gesicht. Sie knirschte vor Wut mit den Zähnen. Sie kniff die Augen zusammen, wie alte Frauen und Kinder, die in der nächsten Sekunde in Tränen ausbrechen.

Man spürte, wie starrsinnig sie war. Beim Essen sprach sie viel, scherzte und lachte ein unverschämtes Lachen, das von einem ganz anderen Ort zu stammen schien. Ihr Gesicht verzog sich häufig zu einer Grimasse. Sie unterhielt sich hauptsächlich mit Aicha in gutturalem Arabisch. Ab und zu richtete sie auch das Wort an mich, wobei sie unwillkürlich französisch sprach.

Kurze Zeit später legten wir uns hin. Ich war beunruhigt und wartete, bis die Wellen über mir zusammenschlagen und ein Meer sich in mir ausbreiten würde. Ich wollte passiv bleiben.

Jedla zog sich nicht aus. Sie wartete, bis ich mich auf meinem Bett ausgestreckt hatte, und setzte sich dann zu meinen Füßen. Ich wartete ebenfalls. Und war bereit.

»Liebst du Ali?«

Ihrer Stimme war kein Gefühl anzumerken, sie klang beinahe sachlich. In mir wehrte sich alles; nur nicht das! Wenn sie mir Vorwürfe machen, mich anklagen, in Tränen ausbrechen würde! Doch nicht dieser kalte Ton einer Spezialistin. Und dann wurde ich zornig. Warum sollte ich mich eigentlich nicht verteidigen? Ich beschloss, mich von ihr zu lösen, meine Freiheit wieder zu gewinnen, gegen sie zu kämpfen.

»Du hast ins Schwarze getroffen!«

Ich hielt inne, nur um einen Blick auf ihr Gesicht zu werfen. Ich wäre gern gemein zu ihr gewesen, grausam. Doch ihr Gesicht blieb unbeweglich. Zynisch fuhr ich fort: »Das heißt, lieben ist ein großes Wort. Er gefällt mir. Ich finde ihn schön. Für die Kraft, die er ausstrahlt, empfinde ich etwas, nach all den Knaben, mit denen ich mich bisher abgegeben habe. So kann ich fast behaupten, ich würde ihn lieben. Vielleicht empfindet auch er für mich mehr als nur Freundschaft ...« Ich hoffte, ich könnte sie mit diesen vulgären Worten erschüttern, doch sie zeigte keine Regung.

»Wie soll es weitergehen?«

Ihr Gesicht war härter als sonst, und ihre Augen waren erloschen. Sie wirkte wie eine Geschäftsfrau.

Ich zwang mich zu einem Lachen, hatte aber gleichzeitig keine Lust mehr, die Komödie fortzusetzen. »Habt keine Angst«, meinte ich. »Er liebt dich. Das ist ganz normal.« Ich wartete. »Jedla, er gefällt mir wirklich, und ich glaube, ich liebe ihn ein wenig. Aber du existierst. Das werde ich nie vergessen. Ich glaube, bis zum heutigen Tag war ich zu jedem Verrat bereit, zu jeder List, um den Mann zu bekommen, den ich haben will. Und das wird auch später wieder so sein. Aber heute zählst du. Mir sind die Hände gebunden. Übrigens ist das nicht mein Verdienst. Ich weiß, dass er dich liebt und dass er dir verbunden ist. Doch es gibt da noch etwas: Selbst wenn ich eine kleine Chance hätte, könnte ich nichts gegen dich unternehmen, wie ich inzwischen weiß – auch wenn ich es nicht begreife. Vielleicht handelt es sich um das, was man Freundschaft nennt. Doch eigentlich glaube ich das nicht. Du bist mit niemandem befreundet. Und wärst du meine Freundin, würde mich das nicht abhalten, dich wegen eines Mannes zu betrügen. Zwischen Frauen, selbst zwischen Schwestern, war das schon immer so. Nun also … Bewundere ich dich? Vielleicht … Lohnt es sich wirklich, nach einer Erklärung zu suchen?« Ich war müde, erschöpft und den Tränen nahe. Tränen der Erschütterung oder der Machtlosigkeit. »Ich weiß es nicht. Hab jedenfalls keine Angst, und denk nicht mehr daran.«

Ich streckte mich unter dem Laken aus, bereit, ihr den Rücken zuzudrehen. Ich fühlte mich einsam, schwach, blind. Wenn sie mich doch nur im Dunkeln weinen lassen und nichts mehr sagen würde. Ich wollte gerade die Augen schließen, doch da begann sie zu reden.

Was mich zuallererst überraschte, war der Ernst, hinter dem sich etwas ganz Bestimmtes verbergen musste. Ich hatte alles vergessen und schaute sie ängstlich an. Sie musste zweimal ihren Satz wiederholen, bevor ich ihn verstand. Anscheinend war ihr meine Unachtsamkeit aufgefallen, doch sie schien gut gewappnet. Ihre Geduld war grenzenlos. Ihr blieb nichts anderes als diese wahnhafte, beharrliche Geduld, die sich über alles hinwegsetzte.

»Hör mir zu«, sagte sie. »Unser Spiel geht nicht so, wie du dir das vorstellst. Du bist auf dem falschen Weg.«

Sie verstummte. Jedla hatte nur zögernd gesprochen, als ob sie, nachdem sie sich endlich entschlossen hatte, mit mir zu reden, Angst bekommen habe. Dann wiederholte sie Wort für Wort: »Du bist auf dem falschen Weg.«

Ich hörte ihr zu, entsetzt über das, was ich zu hören bekommen sollte.

10

»Ich lass dir freie Hand. Du kannst Ali erobern, wenn du willst. Hast du mich verstanden? Gib endlich den Anschein deiner Skrupel auf. Mehr noch, ich werde dir dabei helfen. Ja, du hast richtig gehört: Ich schenke ihn dir. Wir werden uns miteinander verbünden, als Partner. Du kannst dabei Ali gewinnen, und ich … aber das geht dich nichts an.«

Seitdem sie zu sprechen begonnen hatte, funkelten ihre Augen, die sich keine Sekunde von mir abwendeten, stärker als je zuvor. Ich spürte, dass etwas Außergewöhnliches kommen würde. Ich schaute sie an, mit ängstlich geweiteten Pupillen, als ob ich es mit einer Verrückten zu tun hatte. Irgendeine Leidenschaft drängte sie, die Worte, die sie seit einem Monat in sich drehte und wendete, laut auszusprechen, eher für sich als für mich, mit zitternder Stimme. Ich reagierte nicht. Zwischen uns hatte sich bereits ein unüberwindlicher Graben aufgetan. Sie war bereits allein, hielt sich schon auf dem anderen Ufer auf.

»Warum sollten wir nicht über alles offen reden? Dann vergisst du wenigstens nicht, dass ich ihn dir geschenkt habe. Seit meiner Fehlgeburt weiß ich, dass ich keine Kinder bekommen kann, obwohl der Arzt es nicht bestätigt hat. Ali will mir einreden, dies sei kein Unglück, er könne damit klarkommen.«

Sie schwieg einen Augenblick, bevor sie, die Augen jetzt in die Ferne gerichtet, fortfuhr.

»Ich kann mir alles Weitere gut vorstellen: Er wird sich langsam von mir lösen, und da er anständig ist, wird er sich das nicht eingestehen wollen. Seine Liebe wird sich in Mitleid verwandeln. Sein Mitleid will ich aber nicht! Aus diesem Grund möchte ich, dass er seine Freiheit wiedergewinnt. Verführ ihn! Du allein kannst das, und wenn es dir nicht gelingen sollte, werde ich dir helfen. Mir steht nur dieses eine, umständliche Mittel zur Verfügung. Er wird vergeblich Widerstand leisten und sich an mich, seine Treue und Loyalität, klammern. Du bist schön, ich finde jedenfalls, dass du schön bist. Nicht so gezeichnet wie ich. Vielleicht wird er schwach. Dann könnte ich ihn verlassen. Das ist der einzige Weg, der einzige! Es wird schwierig werden, aber wenn wir zusammenhalten, wir beide …«

Das war entsetzlich! Sie sprach, als ob wir bereits diesen Pakt geschlossen hätten, der mir diabolisch vorkam.

Ich versuchte schüchtern, einige Einwände vorzubringen: Es wäre nicht sicher, ob sie wirklich keine Kinder bekommen könne, und selbst wenn es so sei, Ali liebe sie. Sie habe nicht das Recht, über ihr Leben zu bestimmen, vor allem nicht über das von Ali. Ali war kein Objekt, sondern ein freies Wesen. Selbst wenn wir unseren Pakt schließen würden, hinge alles von ihm ab.

»Das Risiko müssen wir eingehen«, schnitt sie mir das Wort ab. »Ein Risiko, bei dem du nichts zu verlieren und alles zu gewinnen hast.«

Sie hatte mir kaum zugehört. Ihre weit geöffneten, fanatischen Augen starrten in die Ferne. Für mich hatte sie nur ein ironisches Lächeln übrig: Sie machte sich über meinen guten Willen und mein gutbürgerliches Verhalten lustig. Anscheinend mochte sie die durchtriebene, kokette, skrupellose Nadia lieber.

Als sie wieder zu sprechen begann, erkannte ich an

ihrer Stimme, die so entschieden klang, dass ich sie niemals überzeugen würde. Sie richtete ihre Worte nicht einmal an mich: »Ich werde mich immer an den Tag erinnern, an dem langsam alles in Bewegung geriet … Im Grunde war es weder für ihn noch für mich wichtig, ob ich Kinder bekommen kann oder nicht. Es ging um etwas anderes.«

Sie sprach langsam, wie im Traum. Plötzlich begriff ich: Ich erinnerte mich an den Tag, an dem Ali und ich uns am Strand vergnügt hatten, an dem ich ihn zum ersten Mal schön gefunden hatte, als mein Blick den feindseligen Augen Jedlas begegnet war, die uns, als wir wieder zu ihr kamen, so merkwürdig gemustert hatte.

»Etwas Grundlegendes hatte sich plötzlich verändert«, erklärte sie, denselben Tag und dieselbe Sonne heraufbeschwörend, »etwas, das so hart war wie ein Faustschlag und so wehtat wie rasende Zahnschmerzen. Ich begriff, dass ich eifersüchtig war.«

Ich beobachtete ihr gespanntes Gesicht. Sie litt. Das wäre, so meinte sie, das Einzige, was von der Liebe übrig bleibe: Leiden und Niederlagen. Sie habe lange versucht, ihre Eifersucht zu beherrschen, habe uns beobachtet und in der Nacht Alis helles Gesicht studiert. Sie habe versucht, die Anziehungskraft meiner Schönheit, meines schallenden Gelächters, meiner Unverschämtheit und meines katzenhaften Wesens zu beobachten. Dann habe sie Angst bekommen, dass diese Eifersucht sie auffräße, langsam, heimtückisch, ohne Geschrei oder Szenen, mit scharfen, spitzen Zähnen.

Zu spät habe sie die ganze Tragweite erkannt. Sie hätte sich nur noch auflehnen können. Nein, sie sei aber nicht bereit, diese Folter auf sich zu nehmen.

»Noch bin ich stolz!«, sagte sie nachdrücklich und mit den Zähnen knirschend. »Aus diesem Grund biete ich dir Ali an. Dir oder einer anderen, das ist nicht weiter wichtig. Wenn du die Gelegenheit ergreifst, umso besser.

Selbst wenn ich heute einen Fehler mache, ziehe ich es vor, dieses vielleicht unnötige Risiko einzugehen. Ich will nichts mehr mit diesem Glück zu schaffen haben, bei dem ich den anderen ständig überwachen und die Blicke der Frauen aushalten muss, weil Ali schön ist und ich hässlich bin. Ich will nicht mehr so berechnend sein. Ich frage mich, wie die meisten Frauen, von denen behauptet wird, sie seien verliebt, während ihres ganzen Lebens diese Erniedrigungen ertragen und diese Furcht einflößende Leidenschaft aushalten können.

Ich hätte gerne an seiner Seite gelebt, ihn sein ganzes Leben über begleitet. Doch das war nur eine Illusion.«

Sie lächelte traurig. Ich hörte ihr zu, meine Verblüffung war verflogen. Ich erinnerte mich an den Streit, den ich hinter der Schilfrohrhecke mitbekommen hatte. Da hatte es schon einmal eine andere gegeben. Ich dachte auch an das leere Schächtelchen Schlaftabletten, das ich im Bad gefunden hatte. Jetzt hatte Jedla ein anderes Mittel zur Flucht gefunden: mich.

Ich existierte für sie nicht. In ihren Augen war ich nichts weiter als ein junges, kokettes Mädchen, denn für nichts anderes war ich zu haben. Ich war darüber nicht einmal traurig. Sie schien sich ganz dieser Qual hingegeben zu haben. Nichts und niemand, nicht einmal Ali, konnte sie aus ihrem Albtraum reißen.

Ich hätte gerne versucht, sie von ihrem Plan abzubringen, doch das hätte nichts gebracht. Sie war schön und unnahbar.

Dann sagte sie mit beinahe sadistischem Genuss einen seltsam anrührenden Satz: »Ich sehne mich danach, alles zu beobachten und zu kontrollieren, bis er alles zerstören wird, was ich habe. Ich möchte erleben, wie er schwach wird und nachgibt; vielleicht triumphiere ich dann endlich!«

Ihr schmales, hageres Gesicht schrie dieselben Worte hinaus. Ich dachte traurig an das Paar, dem ich vor nicht allzu langer Zeit auf einem verlassenen Pfad begegnet war und das mich so beschämte wie das Glück selbst. Es handelte sich dabei aber um nichts anderes als ein verstecktes Duell, bei dem die beiden Gegner gnadenlos aneinander gekettet waren. Ich hätte eigentlich schon längst ihre Hilferufe vernehmen müssen, dann wäre mein Traum nicht so erbärmlich zusammengebrochen. Mir wurde klar, dass ich in ihren Händen nur ein Instrument gewesen war. Sie hatte nicht das Recht, so mit mir umzugehen. Ich hatte beide geliebt.

Sie sprach immer noch, über Ali, seine Intelligenz, seine Güte ... Sie wollte mich versuchen und ging so weit, dass ich sie schließlich dafür hasste. Dann war ich niedergeschlagen.

Zum Schluss fragte sie mich harsch: »Nun, machst du mit oder nicht?«

Ich zwang mich, einen leichten Ton anzuschlagen und überzeugt zu tun, als wäre ich bereit, ihr Spiel mitzuspielen: »Warum eigentlich nicht?«

Ich zuckte mit den Schultern. Sie lächelte triumphierend und schien beinahe glücklich.

Ich weinte im Dunkeln, mein Gesicht in mein Kissen gepresst. Ich hatte mich unterworfen, erniedrigt, verkauft. Ein unbeschreibliches Chaos braute sich zusammen.

Ich schlief kaum. Die ganze Nacht war meine Kehle vor lauter Angst wie zugeschnürt. Im Morgengrauen wachte ich auf. Leise verließ ich mein Bett und schlich aus dem Zimmer. Meine Entscheidung war getroffen.

Still verließ ich das Haus. Auf der Schwelle blieb ich stehen, weil mich die Sonne blendete. Bis zu diesem Tag hatte ich noch keinen Sonnenaufgang so jungfräulich erlebt.

Es war kalt. Ich zitterte. In der fahlen Sonne schüttelte ich die Albträume der vergangenen Nacht von mir ab. Erleichtert setzte ich mich hinter das Steuer meines Wagens. Die Straße öffnete sich vor mir wie die Freiheit.

Um neun Uhr kam ich in Algier an. Ohne anzuhalten und an nichts denkend fuhr ich direkt zu Hasseins Büro. Ich bat einen Angestellten, ihn zu rufen. Kurz darauf erschien er an der Tür und kam zum Wagen. Er war nicht einmal erstaunt, als er mich nach langer Zeit zum ersten Mal wieder sah, bleich und zerzaust, aber entschlossen.

»Können Sie Ihre Termine absagen und mir diesen Tag widmen? Es ist sehr wichtig. Bitte sagen Sie Ja. Wir fahren mit meinem Wagen, wohin Sie mögen. Ich muss mit Ihnen sprechen.«

Eine halbe Stunde später fuhren wir zu einem noch unbekannten Ziel.

Er stellte mir keine Fragen. Wir hielten an einem menschenleeren Strand, der auf uns zu warten schien.

Wir schwammen und streckten uns dann nebeneinander im Sand aus, um uns von der Sonne trocknen zu lassen. Ich dachte kurz an Jedlas raue Stimme vom Vorabend und an das, was sie mir erzählt hatte. Doch unter der strahlenden Sonne und neben dem kräftigen Männerkörper, der mir Sicherheit verlieh, verblasste alles wie ein Albtraum.

Als er sich über mich beugte, zog ich mit beiden Händen sein etwas verstörtes Gesicht zu meinem. Sein Mund hatte alle Grausamkeit verloren. Leise, furchtsam sagte ich zum ersten Mal: »Ich liebe dich.«

Seine Umarmung tat mir wohl. Ich erinnere mich immer noch an seine glühenden Küsse, an seine ein wenig wilden Augen und an das Gewicht seines schweren Körpers, der mich alles andere vergessen ließ.

Ich genoss zum ersten Mal dieses Wohlsein der Liebenden, wie nach einer langen, inneren Reinigung. Bisher hatten mich die Küsse anderer Männer immer gleichgültig gelassen, sodass ich sie aus meinem Gedächtnis schnell verjagt hatte. An diesem Tag konnte ich Hassein ohne Scheu in die Augen schauen, ihn schön finden und ihm das sogar sagen. Endlich hatte ich gefunden, wovon ich so lange geträumt hatte: glückliche Hingabe, Wohlgefühl, zufriedene Müdigkeit des Körpers. Auch Hassein sagte nichts. Ich legte meinen Kopf auf seine behaarte Brust, schloss die Augen und strich ihm sanft übers Gesicht. Ich liebte ihn.

In einem kleinen, abseits gelegenen Restaurant aßen wir zu Mittag. Wir aßen viel und lachten gemeinsam. Auch vor dem Kellner drückte er meine Hand über dem Tisch, und wir verhielten uns wie frisch Verliebte. Alles war so einfach.

Bei der Rückfahrt überließ ich ihm das Steuer und gab vor, schlafen zu wollen, nur um meinen Kopf an seine Schulter lehnen zu können. Als er plötzlich ernst wurde und mich fragte, was ich denn mit ihm hatte besprechen wollen, bekam ich ein bisschen Angst. Ich versuchte, meine Verwirrung zu verbergen.

»Nichts«, antwortete ich. »Ich wollte einfach mit dir allein sein.«

Ich log nicht. Ich war einfach nur zu ihm geflohen. Doch das konnte ich ihm nicht sagen.

Die folgenden Tage verbrachte ich in Algier bei meiner Schwester Leila. Hassein arbeitete vormittags. Nachmittags holte er mich ab, und wir fuhren ans Meer.

Ich gewöhnte mich schnell an seinen Körper, an seine Küsse, an seine Gegenwart. Er war fröhlich, zärtlich und schien für das Glück geschaffen zu sein. Seine böse Ironie und seine Drohungen hatte ich vergessen.

Manchmal packte er, während wir Zärtlichkeiten austauschten, meinen Kopf mit beiden Händen und schaute mich fragend an. In diesen Augenblicken flößte mir sein Schweigen Angst ein; er wurde mir fremd. Um mich zu beruhigen, sagte ich mir dann, er sei selbst besorgt, küsste ihn schnell auf die Augen, die Stirn, die Haare und sagte mehrmals hintereinander: »Ich liebe dich!«

Er antwortete nie und sprach diese einfachen Worte nie aus. Ich wollte ihn nicht darum bitten. Manchmal legte er seinen Kopf auf meine Brust, umarmte mich, als ob ich fliehen wollte, und blieb mit geschlossenen Augen wie ein Kind liegen. Er überließ sich mir, was mich verwirrte, doch im Grunde zog ich seine Leidenschaft und Heftigkeit vor. Sie beschützten mich.

Abends, wenn ich wieder zu Leila kam, hatte ich nichts zu erzählen und hörte kaum dem neuesten Klatsch zu. In mir war alles ausgeglichen, ruhig, wie ein riesiger Ozean.

Vier Tage verstrichen, vier Tage, die mich mit berauschender Frische erfüllten, mit dem unwirklichen Licht der Herbstabende, wenn die Konturen ihre Härte verlieren und mit dem Halbdunkel verschmelzen.

Eines Tages holte er mich ab, sein Blick verschlossen. Er lächelte nicht, und ich hatte das Gefühl zu ertrinken. Lange Zeit blieb er so feindlich. Ich war wie gelähmt. Ich schaute ihn an: Er war ein Fremder, der nicht einmal schön war. Am liebsten hätte ich meine Hand auf seine Schulter gelegt, ihn gerüttelt, die Augen geschlossen, leise geweint und wieder den früheren Hassein gefunden. Doch ich konnte mich nicht rühren und meine Hand nicht ausstrecken.

Wir hatten den Wagen geparkt, er wollte nicht einmal aussteigen. Er stellte mir kurze, bellende Fragen über die Tage vor meiner Ankunft in Algier. Und beantwortete sie selbst: Ali sei in Paris gewesen. Und ich mit Jedla allein. Ich hätte mich wohl gelangweilt, da alle interessanten Männer nicht mehr am Strand waren. Er könne verstehen, dass ich da nicht geblieben wäre.

Ich konnte seine Ironie nicht länger ertragen, bat ihn auszusteigen und fuhr mit kreischenden Reifen wie verrückt los. Ich wollte an nichts denken, nur den Wind genießen, der meine Haare und meine Schläfen peitschte, nur an diese ewige Fahrt. Jedla verachtete mich. Hassein hasste mich, und Ali war nicht mehr da. Ich hatte ihn vergessen.

Meine elende Suche nach Zärtlichkeit war zu Ende. Mein Leben bestand nur aus wütendem Aufruhr, Beleidigungen, Vergewaltigungen. Ich wollte die stärkste sein, ich! Ich würde das tun, was alle – und vor allem Jedla – von mir erwarteten.

Endlich war ich frei – oder endgültig verloren.

Dritter Teil

11

Zu Hause wartete ein Brief auf mich. Mein Herz schlug heftig, als ich den Pariser Stempel sah. Die Handschrift war ausgesprochen regelmäßig.

Schnell überflog ich die Zeilen.

Liebe Nadia,
ich mache mir heftige Sorgen. Ich bin gezwungen, meinen Aufenthalt in Paris zu verlängern, und fürchte, dass Jedla, die bei meiner Abreise müde, vor allem aber erschöpft gewesen war, darunter leiden wird. Als ich mit ihr darüber sprach, hat sie selbstverständlich versucht, mich zu beruhigen, und darauf bestanden, dass ich mich um meine beruflichen Angelegenheiten kümmere.

Ich dachte an Sie, an Ihre Freundschaft. Bitte teilen Sie mir ganz ehrlich mit, wie es Jedla geht. Vor allem psychisch. Ich rechne mit Ihrer Aufrichtigkeit. Darf ich Sie bitten, sie nicht allzu häufig allein zu lassen?

Haben Sie unendlichen Dank für Ihre Mühen. Auch für Ihre liebevolle Aufmerksamkeit, die uns rührte. Ich wende mich an Sie als Jugendfreundin meiner Frau, und auch als meine Freundin, denn mein Vertrauen in Sie ist grenzenlos.
Mit freundschaftlichen Gedanken
Ali Moulay

PS: Es wäre sinnlos, diesen Brief meiner Frau gegenüber zu erwähnen. Sie will sich nicht eingestehen, dass sie krank ist, und würde nur ärgerlich werden, wüsste sie, welch großen Wert ich darauf lege, dass sie nicht allein ist. Danke.

Ich las das Postskriptum zweimal und zog dabei die Augenbrauen in die Höhe. Die Stelle war mir unklar. Behandelte er seine Frau als Kranke, als kleines Mädchen, vor dem er seine Sorgen verheimlichte? Oder fürchtete er ihr Misstrauen, weil er wusste, dass sie eifersüchtig war? Dann hätte er mir nicht schreiben müssen. Wenn er sich Sorgen um sie machte, hätte er einfach nur aus Paris zurückkommen müssen. Schließlich war ich es, die ärgerlich wurde.

Ich dachte lange nach. Heute, da alles zu Ende ist, kann ich einräumen, dass ich mir die Fragen stellte, weil ich eine heimtückische Idee bekämpfen wollte. Ich fand sie wirklich abscheulich, doch sie drängte sich mir von Anfang an auf.

Jedla hatte vielleicht Recht, als sie voller Überzeugung gesagt hatte, sie fände mich schön. Vielleicht fühlte sich Ali wirklich von mir angezogen? Unsere Gespräche, das Vertrauen, das er in mich setzte, die Szene im Kasino, die er mitbekommen hatte, und der nächtliche Handkuss, den er für sich behalten hatte ... Und jetzt dieser Brief, der unser geheimes Einverständnis noch bestärkte. Er hatte in dem Brief unsere Freundschaft öfter zitiert – um sich selbst davon zu überzeugen, dass unsere Beziehung darauf beschränkt blieb?

Wenn ich heute an meine damaligen Reaktionen denke, frage ich mich, wie ich damals alles andere hatte vergessen können: dieses bedächtige Paar, dessen Harmonie mich zu Beginn fasziniert hatte. Alis Schluchzen, das mich versteift und das erste Mal gegen Jedla eingenommen hatte. Wie war es möglich, dass ich damals nicht an ihre Nächte voller Liebe gedacht hatte, an die Tage, die sie als Eheleute gemeinsam verbrachten, an die Leiden, die sie teilten? Zum ersten Mal hatte mir ein Mann seine Hand entgegengestreckt, und ich hatte sein Vertrauen mit etwas anderem verwechselt. Man hatte mir zu oft gesagt, ich sei schön, man hatte zu oft meine blonden Haare und meine helle, samtene Haut bewundert, die man mit einer Frucht verglichen und die Hassein mit leidenschaftlicher Begierde geküsst hatte. Ich hatte mich selbst in dem getäuscht, was ich einzig und alleine suchte: aufrechte Freundschaft.

Zwar gab es in jenem Sommer zu viel Sonne, das ist wahr, mein Wagen, der mir jederzeit die Flucht erlaubte, und die Fahrten, die mich in einen Zustand der Trunkenheit versetzten. Und Hasseins heißer Körper, seine Lippen, seine Brust.

Heute weiß ich, dass nur Jedla für mich wichtig war, ihre schwarzen Augen, auch wenn diese mir wehtaten, ihre Stimme, gegen die ich mich gerne ein weiteres Mal aufgelehnt hätte, ihre Glut und der Zauber, der von ihr ausging, wenn ich dieses vielleicht ein wenig lächerlich anmutende Wort einmal gebrauchen darf. Wie eine reine, ungetrübte Kindheitserinnerung war sie in mein Leben getreten. Ich wollte nur noch mit ihr sein.

An diesem Tag hasste ich sie von neuem.

Sie empfing mich, ohne überrascht zu sein, als ob ich sie erst am Vortag verlassen hätte. Klar und deutlich sagte sie: »Ich wusste, dass du zurückkehren würdest.«

Ich fühlte mich wie ein Kind, das ausgerissen war und reumütig zurückkehrte. Grotesk. Sobald ich mit Jedla zusammen war, fühlte ich mich ihr unterlegen, erniedrigt.

Sie war nur ein wenig kälter als sonst und beschäftigte sich im Haus, als ob sie Angst davor hätte, sich ruhig hinzusetzen. Aicha hatte sich verändert. Als sie mich im Hauseingang entdeckte, schaute sie mich lange an. Ich sah Unruhe in ihren Augen aufflackern. Sie trug ihr Schweigen wie ein Trauerkleid. Ich hatte das Gefühl, es mit einem verängstigten Tier zu tun zu haben. Sie ließ Jedla, die sie wiederum nicht beachtete, nicht aus den Augen. Plötzlich empfand ich Sympathie für diese misstrauische, schweigsame alte Jungfer. Sie liebte Jedla.

Ich verbrachte den ganzen Tag in dem Haus, in das kein Licht eindrang. Jedla sprach leise über alle möglichen Dinge. Wir führten öde Gespräche wie zwei Freundinnen, die jeden Tag mit Banalitäten die Zeit totschlugen.

Wo blieb der Hass? Und das Leiden? Damals wusste ich noch nicht, dass auch Leidenschaften Ruhepausen einlegten, lang anhaltendes, ewiges Schweigen.

Für mich bedeutete dieses verlangsamte Leben nichts anderes, als die Vergangenheit zu vergessen und etwas Neues zu beginnen. Als ich am Abend gerade nach Hause gehen wollte, bat mich Jedla, wobei ihre Stimme autoritär klang: »Bitte bleibe. Wir hätten da noch was zu klären.«

Ich war es leid und hätte gerne alles vergessen. Aber ich hatte es mit Jedla, einer zähen, hartnäckigen Frau zu tun.

Ich blieb also. Ich erinnere mich, dass ich mir sagte, meine zynische Haltung wieder findend, sie arbeite für mich. Gleichzeitig erinnerte ich mich an Alis Brief, der unsere Verbundenheit bestärkte. Ali würde in die Falle gehen …

Wir saßen allein auf der Terrasse. Der Garten lag in völliger Dunkelheit. Die angenehme Stille erinnerte mich an die Abende, an denen ich vor Jedla auf dem Boden gesessen und meinen Kopf an ihre Knie gelehnt hatte.

Wäre es nicht so absolut still gewesen, hätte ich bitter gelacht. Es war zu komisch: Ich gab mich wie eine Katze jeder zärtlichen Geste hin, egal, von wem sie war. Gleichzeitig wurde ich in ein Spiel hineingezogen, dessen Fäden mich langsam einspannen. Dabei hatte ich eine Weile geglaubt, ich würde alle Fäden in Händen halten! Ja, am liebsten hätte ich in dieser Nacht lange über mich gelacht.

Ich warf einen Blick auf Jedlas Schatten, die mit monotoner, fester Stimme zu sprechen begann.

Ich hörte ihr zerstreut zu und stellte fest, dass ich nur mich hasste, nicht sie.

»Ali wird in zehn Tagen wieder in Algerien sein. Dann müssen wir bereit sein. Da wir uns einig sind, sollten wir nun über die Mittel diskutieren, die wir einsetzen wollen.«

Während meiner Abwesenheit hatte sie sich einen Plan ausgedacht. Ich war nicht einmal mehr schockiert.

Die Nacht roch gut. Die Geranien standen in voller Blüte. Ich dachte an die Pärchen, die in der lauen Nacht unterwegs waren, und an die Familien, die, auf den Veranden sitzend, friedlich miteinander sprachen. Ich schaute auf die mir gegenüber sitzende Frau mit dem Gesicht einer Königin und den Augen einer Gazelle, die plötzlich merkwürdig aufleuchteten. Sie erklärte mir in allen Einzelheiten, wie ich ihr den Mann ausspannen konnte. Mir kam das alles völlig irrsinnig vor.

Jedla ging methodisch vor. Man müsse ihn, so meinte sie, von allen Seiten einkreisen. Zunächst müsse er mich noch höher schätzen als bisher, sodass sein Vertrauen in mich unerschütterlich werde. Ich selbst müsse unschuldig wirken, fügte sie bitter lachend hinzu, und mich gegen mein Milieu auflehnen. Zu einem bestimmten Zeitpunkt müsse ich ihn um moralischen Beistand bitten … vielleicht gegen Hassein. Jedla hatte genau gespürt, was sich ereignet hatte. Ali würde sich verantwortlich fühlen, zumal er anderen gerne hilft.

»An diesem Punkt angelangt, musst du deinen Körper ins Spiel bringen.«

Sie wirkte auf mich wie ein General, der eine Schlacht vorbereitet.

»Vielleicht werden wir dann noch hier wohnen, wenn die Lage sich zuspitzt. Im Badeanzug wirkst du noch schöner, und ich werde erschöpft vom langen Sommer und vom ganzen Rest noch verwelkter erscheinen. Dann werde ich eines Tages, wenn auch widerstrebend, meinen Badeanzug anziehen und an den Strand gehen. In der Sonne wird mein magerer Körper noch abstoßender wirken. Und du … wirst an meiner Seite alle Trümpfe in der Hand haben. Du wirst schon sehen!

Ich stelle eine einzige Bedingung: Du musst mir alles sagen. Wir sind wirkliche Komplizen. Ich möchte alles wissen, alles. Dann werde ich euch auch so oft wie möglich allein lassen.«

Ich willigte ein und dachte gleichzeitig an den Brief aus Paris, den ich auf meinem Schreibtisch hatte liegen lassen. Ich hatte dem nichts mehr hinzuzufügen. Schon jetzt betrog ich Jedla. In so einem Spiel konnte ich ohnehin nicht ehrlich bleiben. Ich bekam Angst.

Einige Tage verstrichen, von denen mir eine erniedrigende Erinnerung blieb. Nach und nach entwickelte sich zwischen Jedla und mir so etwas wie eine Partnerschaft. Jedla war wieder freundlich zu mir. Die Abende verbrachten wir gemeinsam. Sobald sie lächelte, war ich bereit nachzugeben, alles zu vergessen, mit ihr wie mit einer Schwester zu reden und sie, falls sie darauf bestand, um Verzeihung zu bitten. Doch sie begnügte sich damit, mich als ihre Verbündete anzusehen.

Da waren auch die Augenblicke tiefsten Vertrauens. Normalerweise hasse ich die geheuchelte Vertrautheit von Frauen, die sich ihr Unglück und ihre kleinen Verbrechen ins Ohr flüstern. Jedla zwang mich dazu. Ich musste ihr von meiner Vergangenheit erzählen, die für mich endgültig tot war und nicht mehr zu mir zu gehören schien. Sie wollte wissen, ob ich viele Männer geliebt hatte und welche mir gefallen hatten. Ich antwortete, ich hätte sie verachtet und trotzdem geküsst. Natürlich würde sie mich verstehen, meinte Jedla. Ich musste ihr sogar von meinem ersten Kuss erzählen, der dazu geführt hatte, dass sie, Jedla, mich hasste. Wie war es möglich, dass ich sogar den Namen des Jungen vergessen hatte!, schalt sie mich. Dann wollte sie wissen, warum ich meine Verlobung gelöst hatte. Aus Überdruss vielleicht. Ich brauchte ständig neue Männer.

Ich schlug einen relativ kalten, leicht bitter und sarkastisch gefärbten Ton an. Zögerte ich, lieferte Jedla die Antworten auf ihre Fragen selbst.

Jedla beschäftigte sich nicht nur mit mir, sondern auch mit meinen Schwestern. Sie war erstaunt und beinahe enttäuscht, als sie erfuhr, dass sie so ganz anders waren als ich. Vielleicht weil sie so früh geheiratet hatten. Ich stimmte ihr zu. Myriem, die ihren Gatten liebte und fürchtete, sei trotz allem bitter über ihre verlorene Jugend, meinte sie. Sie habe keine Zeit gehabt, von ihr zu profitieren, sagte Jedla, wobei sie bei dem Wort »profitieren«

richtig träumerisch wurde. Leila war nie sentimental gewesen. Ihr Mann hatte eine ausgezeichnete Stellung, und sie hatte von Anfang an ihre Schwiegereltern gefügig gemacht. Sie war die Herrin ihres Hauses, und das war für sie das Wesentliche.

Gehässig nahm ich wahr, dass Jedla kaum ihre Enttäuschung über solche Banalitäten verbergen konnte. So lieferte ich ihr, was sie erwartete: Im vergangenen Jahr war eine meiner Kusinen mit einem Mann durchgebrannt. Leise fügte ich hinzu: »Ausgerechnet mit einem Europäer.«

Ihre Eltern hatten behauptet, sie befände sich im Ausland in ärztlicher Behandlung ... Dann erzählte ich von einer Freundin mit tadellosem Ruf, die auf kein Abenteuer verzichtete, diese aber geheim zu halten verstand und auf die »gute Partie« wartete, bevor sie bereit war, ihre Freiheit aufzugeben. Dann erzählte ich pikante Geschichten, die ich von meinen Schwestern gehört hatte, so von einer jungen Tante, die im Innern Algeriens in eine reiche Marabut-Familie eingeheiratet hatte und ständig schwanger war. Nachdem sie fünf Mädchen auf die Welt gebracht hatte, zwang sie ihr aufgebrachter Mann, das sechste Kind abzutreiben. Sie war zu diesem Zweck nach Algier gekommen, wo sich Leila um sie kümmerte. Wie es sich nach der Abtreibung herausstellte, wäre das sechste Kind ein Junge gewesen ...

Die Notwendigkeit, ihr die »geistige Nahrung« zu geben, die sie brauchte, um ihre Pläne durchführen zu können, verfolgte mich in diesen Tagen und ließ mich wieder bitter und hellsichtig wie einst werden.

Warum von der sanften, zärtlichen Stimme meines Vaters erzählen? Von Myriems Hingabe an ihren Gatten, die auch als Unterwerfung gedeutet werden konnte? Von Leila, die sich ein merkwürdiges Vergnügen daraus machte, sich von einer Europäerin bedienen zu lassen? Jedla wollte sich überzeugen, dass Geld, eine »europäische« Erziehung und Freiheit uns alle verdorben hatten, und mich noch stärker als die anderen. Womit sie zweifelsohne Recht hatte.

12

Ich antwortete Ali. Mit wenigen Worten beruhigte ich ihn: Jedla sei nie so ruhig und entspannt gewesen wie zur Zeit. Ohne Gewissensbisse brachte ich meinen Brief zur Post. Ich verspürte nicht einmal mehr den Wunsch, ihm zu schreiben, er möge schnell zurückkommen und seine Frau beschützen – und mich dazu.

Ich war inzwischen zu allem bereit. Auch wenn ich Probleme damit hatte, das ist wahr. Nachdem ich drei Tage in Jedlas Villa verbracht hatte, konnte ich das enge Zusammenleben, die Verschwörung zwischen uns nicht mehr aushalten und wurde wieder gehässig. Ich flüchtete mich zu Myriem. Vergebens, denn ich konnte mit den anderen nicht mehr zusammenleben. Nur in dem kleinen Haus und dem verwilderten Garten hielt ich es noch aus.

Myriems ruhiges Gesicht machte mich rasend. Ihre Entbindung rückte näher, und die Glückseligkeit auf ihrem Gesicht wirkte auf mich wie eine unverschämte Herausforderung. Ihr Mann ignorierte mich. Ich sehnte mich beinahe nach der Verachtung, die er früher mir gegenüber an den Tag gelegt hatte. Ich rauchte, trug Hosen und benahm mich unverschämt, nur um ihn herauszufordern. Doch er blieb verschlossen. Nur mit seinen Kindern lachte und entspannte er sich. Das Glück, das sich auf seinem sonst so unsympathischen Gesicht abzeichnete, brachte mich aus der Fassung. Jeden Abend unternahm er nach dem Essen mit Rachid einen nächtlichen Spaziergang. Ich war beinahe eifersüchtig, wenn ich den beiden nachschaute, die sich vertrauensvoll an der Hand hielten und sich entfernten.

Die meiste Zeit dämmerte ich vor mich hin. Ich hatte das Meer, meinen Wagen und die zahlreichen Fluchtversuche vergessen und sagte mir, das Leben würde noch eine Woche so grau bleiben, bis zur Ankunft Alis. Dann würde ein merkwürdiges Abenteuer beginnen. Ich lag auf meinem Bett; mein Körper war weich. Ich träumte von dem Augenblick, wenn ich beginnen würde, meine Rolle zu spielen. Ein anderes Leben würde sich vor mir ausbreiten. Ich fühlte, dass ich für das Drama geschaffen war.

Die Zeit verstrich, leise und angenehm. Das Warten auf die sich bald überstürzenden Ereignisse prägte die faulen, sich endlos hinziehenden Tage. Ich hätte nur aufstehen und zu Jedla gehen müssen, doch ich spürte nicht mehr das Bedürfnis, denn sie war immer präsent.

Ich erinnere mich noch genau an den Tag, an dem ich dieses Warten unterbrach. Myriem hatte mich beauftragt, in Algier verschiedene Einkäufe zu erledigen und auf der Rückfahrt Leila mitzunehmen. Am Abend zuvor hatte Jedla erklärt, sie wolle mitkommen.

Während der Fahrt sagte sie kein Wort. Ihre Augen leuchteten wieder wie früher, strahlten von innen heraus. Ich wagte nicht, irgendetwas zu sagen, denn ich fürchtete, sie würde sich mir nach den Tagen stummer Vertrautheit wieder entziehen und erneut fremd werden.

In Algier trennte sie sich von mir. Als sie auch während der Rückfahrt schweigsam war und selbst auf Leilas neugierige Blicke nicht reagierte, wurde ich etwas zornig. Mir schien, dass sie sich bereits nicht mehr an unsere Vereinbarungen hielt.

Als sie ausstieg, lächelte sie zerstreut. Sie verabschiedete sich von Leila mit kalter Höflichkeit, während sie, als sie mir die Hand gab, etwas zögerte und dann schnell sprach: »Bitte, besuch mich in den nächsten Tagen. Wir müssen etwas besprechen.«

Ihre Stimme hatte gebebt. Doch ich beschloss, erst zwei, drei Tage verstreichen zu lassen, bevor ich meine Neugier befriedigen wollte. Ich hatte Angst, dass sich diese neuerliche Unruhe, die ich irgendwo empfand, in Enttäuschung verwandeln würde.

Sie war es, die zum ersten Mal zu uns kam. Myriem lud sie zu einem Kaffee ein, doch sie wollte das Haus nicht betreten und sich nicht länger aufhalten. Sie bat mich, einen Vorwand zu finden, um das Haus zu verlassen, und machte einen fiebrigen Eindruck auf mich. Wir benutzten meinen Wagen, um fern von allem zu sein.

Ich wollte keine Fragen stellen, fuhr schnell und wartete. Sie saß neben mir und hatte die Augen im Fahrtwind geschlossen. Sie schien die Geschwindigkeit zu genießen. Ich wagte nicht zu reden.

In der Nähe eines abgelegenen Strandes hielt ich an. Die Sonne brannte vom Himmel. Mit Ali und Hassein waren wir oft hier gewesen. Ich hatte bewusst diesen Ort ausgesucht. Ich musste über unseren Pakt reden. Während wir uns in den Sand fallen ließen, stellte ich mir verschiedene Fragen: Wollte sie alles rückgängig machen? Hatte der Mut sie verlassen? Doch dann dachte ich lieber an Alis bevorstehende Ankunft. Es würde an diesem Tag sicher so schön sein wie heute. Jedla würde dabei sein, und ich würde mit ihr unter vier Augen sprechen müssen, um unsere Taktik festzulegen … Ich würde versuchen, ihren Blick zu vergessen.

Ich hatte offensichtlich lange vor mich hin geträumt. Als Jedla endlich sprach, schrak ich zusammen. Ihr erster Satz war einfach und banal: »Ich bin schwanger …«

Sie sprach lange, ohne auf die Vergangenheit oder auch nur die letzten Tage, die ich durchlebt hatte, anzuspielen. Ali würde sehr glücklich sein.

»Alles wird sich abspielen wie beim ersten Mal.«

Diesen Satz wiederholte sie mehrmals, für sich, als ob sie sich zwingen müsse, daran zu glauben. Ali würde in vier oder fünf Tagen ankommen; sie hatte folglich keine Zeit mehr, ihm einen Brief zu schreiben. Außerdem wollte sie ihren Arzt in Algier noch einmal besuchen, um sich auch in einem anderen Punkt Gewissheit zu verschaffen.

Ich schaute sie intensiv an, ohne Regung. Ihre Gesichtszüge hatten ihre Starre abgestreift und bewegten sich lebhaft. Ich wurde zornig, als ich sah, wie aufgeblüht und zufrieden sie wirkte. Wie Myriem, wie alle anderen Frauen. Bisher hatte ich es gemocht, dass sie sich verweigerte, dass sie sich nach Dingen sehnte, die ich nicht kannte. Jetzt war sie nichts anderes als eine glückliche Frau. Ich fand sie schöner als früher, wollte mich aber nicht an ihr neues Gesicht gewöhnen.

Brauchte sie mich eigentlich noch? Sie schien den anderen zu gleichen, zufrieden und unterwürfig und von dem ungesunden Wunsch geprägt, ihr Glück aller Welt mitteilen und sich wie eine giftige Pflanze vor den anderen öffnen zu müssen. Ich hätte es vorgezogen, wenn sie mir gesagt hätte: »Sprechen wir nicht weiter darüber. Ich habe meine Meinung geändert.«

Sie hätte sogar noch hinzufügen können: »Ali liebt mich. Ich bin mir sicher. Ich habe völlig idiotisch gehandelt. Im Übrigen hätten wir mit unserem Vorhaben sowieso kein Glück gehabt. Ich glaube an seine Treue und seine Loyalität.«

Ich hätte ihren Stolz gehasst, aber auch gewusst, dass sie ehrlich war. Ich hätte die Augen geschlossen und wäre gegangen. Doch sie jubilierte lieber in meiner Gegenwart. Was wollte sie von mir? Sollte ich ihr die Hand reichen, mich als teilnahmslose Freundin an ihrem Glück freuen und bewegt sagen: »Ich bin froh für dich. Ali wird vor Freude außer sich sein. Siehst du, wie du dich getäuscht hast?«

Hatte sie so wenig Vertrauen in sich? Ihr Glück schien zu schwanken.

Ich hörte mich zu ihr sagen: »Das war alles absurd. Du warst einfach deprimiert und hast darunter gelitten, keine Kinder zu bekommen. Das ist jetzt alles aus und vorbei …«

Ich zögerte ein wenig und unterbrach dann lachend die neu eingetretene Stille: »Stell dir nur einmal vor: Beinahe hätte ich dir geglaubt. Wirklich. Ali hat mir geschrieben, aber nur, um mich zu bitten, auf dich aufzupassen. Er machte sich Sorgen. Du hast mich so stark beeinflusst, dass ich an seinen Absichten zweifelte, zumal er mich gebeten hatte, dir von dem Brief nichts zu erzählen. Er sprach von unserer Freundschaft, und ich fragte mich, ob er nicht sich selbst etwas vormachte, um sich mir auf diese Weise nähern zu können …«

Ich tat so, als schüttelte ich mit einer Kopfbewegung die schwer auf mir lastende Vergangenheit ab.

»Wir waren beide ein wenig übergeschnappt. Es ist sicher besser, wir vergessen das jetzt alles. Es ist vorbei.«

Ich wiederholte meinen Satz und betonte noch einmal,

es sei wirklich besser, alles zu vergessen. Ich erinnere mich nicht mehr an Jedlas Antwort oder an ihr Gesicht.

Als wir uns trennten, sagte ich mir allerdings, sie würde mich ein zweites Mal um Hilfe bitten, und lächelte dabei böse.

Ich fühlte mich an diesem Abend, den ich mit meinen Schwestern verbrachte, außergewöhnlich ruhig. Bis sich Leila plötzlich unzufrieden an mich wandte: »Übrigens, ich habe gerade erfahren, dass Hassein sich verloben wird. Seine Eltern sind nach Algier gekommen, um für ihn um die Hand einer seiner Kusinen anzuhalten ... Eine seit langem vereinbarte Hochzeit, die er bis vor kurzem aber nicht akzeptierte. Es hat den Anschein, als ob er seine Meinung geändert hat.«

Gleichgültig zog ich die Schultern ein wenig in die Höhe. Der Rest des Gesprächs blieb für mich verschwommen. Die Leere in mir ließ mein Herz eiskalt erstarren. Ich wollte so schnell wie möglich allein sein. Sobald ich in meinem Zimmer war, streckte ich mich auf meinem Bett aus und überließ mich meinen Gedanken.

Ich fühlte mich hartherzig, doch ich wusste, dass der Zusammenbruch bevorstand. Seit meiner Rückkehr hatte ich kaum an Hassein gedacht. Ich war mir seiner dermaßen sicher gewesen und hatte geglaubt, ihn wieder haben zu können, sobald ich es gewollt hätte. An die Freiheit der anderen konnte ich mich nur schwer gewöhnen. Bis zum heutigen Tag hatte einzig Jedla eine gewisse Macht über mich ausüben können. Jetzt wollte Hassein sich mir entziehen!

Ich sprang aus dem Bett. Nein, ich wollte kämpfen! Dabei ging es nicht nur um meine verletzte Selbstachtung, sondern ich wollte ganz einfach Hassein. Ich erinnerte mich, wie ich zu ihm, im heißen Sand liegend, zärtlich gesagt hatte, wie sehr ich ihn liebte, und wie sich sein leicht verwirrtes Gesicht über mich gebeugt hatte. Wie eine verrückt Gewordene hätte ich am liebsten geheult.

Doch ich riss mich zusammen, setzte mich an meinen Schreibtisch und schrieb ohne nachzudenken.

Hassein,
nicht aus Langeweile wende ich mich heute wieder an Sie. Seit meiner Rückkehr habe ich mich gezwungen, Sie zu vergessen. Vor ein paar Minuten habe ich erfahren, dass Ihre Eltern Sie verheiraten wollen. Auf Grund des Schmerzes, der mich dabei durchfuhr, weiß ich, dass ich Sie wirklich liebe.

Ich zögere nicht, mich zu erniedrigen. Wenn Sie wirklich eine gewisse Verbundenheit mit mir empfinden, dann verzeihen Sie mir, ich bitte Sie darum. Ich möchte Sie nicht verlieren, denn ich liebe Sie. Ich liebe dich. Ich warte auf dich.
Nadia

Ich gab den Brief auf. Er würde am nächsten Tag ankommen, versicherte man mir. Am nächsten Abend, spätestens am übernächsten Tag. Ich schämte mich nicht, ihm so zugesetzt zu haben.

Bevor ich einschlief, dachte ich nur an Hasseins Rückkehr und an seine ersten Küsse. Ich war bereit, seine Frau zu werden, ihn zu lieben. Ich war glücklich. Ich dachte an Jedla, die nun auch glücklich war. Ihr morgendliches Gesicht schien mir nun nicht mehr geistlos und enttäuscht. Sie war eine Frau wie ich, wie meine Schwester.

Dann brachte mich plötzlich etwas durcheinander. Ich hatte Angst, dass es Gewissensbisse waren, denn manche Sätze und die Art, wie ich sie verlassen hatte … Ich nahm mir vor, sie am nächsten Morgen zu besuchen und die Sache mit einem warmherzigen Lächeln zu bereinigen.

13

Am nächsten Tag ging ich nicht aus dem Haus. Alle Geräusche, die von der Straße her kamen – Schritte auf dem Kiesweg, das quietschende Gartentor –, ließen mich zusammenfahren. Zweimal rannte ich vergebens dem Briefträger entgegen. Nachts schlief ich schlecht, war angespannt. Und selbst im Schlaf hörte ich auf jedes Geräusch draußen. Das war meine erste Enttäuschung.

Auch am nächsten Tag war ich noch voller Hoffnung, doch dann musste ich der Wahrheit ins Gesicht sehen: Hassein würde nicht kommen. Ich stampfte vor Wut mit den Füßen. Er hätte mir wenigstens antworten können. Mehrmals war ich versucht, mit dem Wagen nach Algier zu fahren und von ihm ein Nein zu verlangen, auch wenn er mich sarkastisch behandeln oder beleidigen sollte. Doch ich hielt mich zurück, ich hätte mich unmöglich ein zweites Mal so erniedrigen können.

Ich hatte keine Kraft zu weinen. Auf meinem Bett liegend, forderte ich mein »Schicksal« heraus, wie ich mir pathetisch einredete, und schmiedete tausend kindische Pläne, um meinen Zorn und meine Verzweiflung am Leben zu erhalten. Ich wollte ohne zu essen oder zu trinken auf dem Bett liegen bleiben, bis er käme. Einige Augenblicke später stand ich am Fenster und schaute auf die Straße. Ich versuchte zu beten und mit dem, den ich zum ersten Mal in meinem Leben als Gott bezeichnete, einen kleinen Handel abzuschließen. Einen Moment fand ich sogar an der Idee Gefallen, mich umzubringen: Ich stellte mir lebhaft vor, wie ich in letzter Minute gerettet wurde und Hassein an meiner Seite war. Vergebens provozierte ich leidenschaftliche Gefühle, denn der Tod schien mir nach wie vor fern. Meine Machtlosigkeit dagegen war mir sehr bewusst.

Am dritten Tag stand ich auf, blieb ruhig. Mit zusammengebissenen Zähnen schrieb ich an meinen Vater, der sich in Paris aufhielt. Ich entschuldigte mich, dass ich ihn in letzter Zeit etwas vernachlässigt hatte, und meinte, dieser Sommer zöge sich hin. Ich hätte genug von dieser Hitze, würde allmählich ersticken. Ich behauptete, mich interessiere nichts weiter als mein Studium, und bat um Erlaubnis, im Oktober nach Paris zu ziehen. Weiter schrieb ich, ich würde ihn lieben, nur ihn, was der Wahrheit entsprach.

»Bis dahin«, so dachte ich, »habe ich alles vergessen.« Jedla und Ali standen mir bereits nicht mehr so nahe. Ich war bereit, der zu heiß brennenden Sonne, dem Sommer und meinen Niederlagen den Rücken zuzukehren.

Als sie am gleichen Tag mein Zimmer betrat, blieb ich regungslos auf dem Bett liegen, bewegte nur ein klein wenig meinen Kopf. Sie setzte sich dicht bei der Tür auf einen Stuhl.

Ich schloss die Augen. Am liebsten hätte ich geweint oder wäre für immer abweisend und stumm auf dem Bett liegen geblieben. Jedla war mir gleichgültig geworden. Warum kam sie? Ich wollte ihr nicht zuhören. Die Sache war ganz einfach: Ich liebte Hassein und hatte ihn gerufen, doch er kam nicht und würde nie kommen. Die anderen hatten nichts damit zu tun.

Ich hatte mir immer vorgestellt, die anderen würden sich in Luft auflösen, sobald ich mir das wünschte. Doch jetzt begriff ich, dass ich vor ihnen fliehen musste, vor den gefürchteten oder geliebten Wesen aus meiner Vergangenheit, und auch vor denen, die mir unzugänglich erschienen waren, denn ausgerechnet diese hängten sich wie Kletten an mich. Ich musste ihnen entkommen, damit ich ich selbst bleiben konnte, allein. Ich hatte Liebeskummer und lernte seither zu leben, nicht nur zu spielen. Für mich ganz leise wiederholte ich Hasseins Namen, als Jedla das Schweigen brach. Gelangweilt wendete ich mich ihr zu und war erstaunt, nicht die Jedla vor mir zu haben, die ich verlassen hatte.

Trotz der zunehmenden Dämmerung erkannte ich die sitzende Gestalt mit ihrer starrsinnigen Stirn und den dunklen Augen, die mir vertraut waren. Diese Jedla hatte ich früher geliebt, bewundert und auch gehasst. Jetzt war ich gleichgültig. Ich dachte an nichts.

Sie habe geglaubt, sagte sie, dass ihre Schwangerschaft alles ändern und sie glücklich werden würde. Doch inzwischen habe sie nachgedacht. Sie habe immer noch den gleichen Verdacht und würde ihn immer haben. Plötzlich wurde ihre Stimme lebhaft, und sie befragte mich so eindringlich in einem Ton, der mich früher sicher ganz durcheinander gebracht hätte, nein, sie bedrängte mich regelrecht: »Sei endlich einmal ehrlich zu mir!« Ganz leise sagte sie: »Was hältst du von Ali? Habe ich nicht Recht, wenn ich annehme, dass er schnell schwach werden, nachgeben wird und dass er bereits jetzt in deinen Bann geraten ist, nur weil du schön bist?«

Ich hörte ihr zu, von weitem, und hatte den Eindruck, als ob eine andere antworten würde: »Ja«, sagte ich, »in einem gewissen Sinn hast du Recht. Im Übrigen sind alle Männer gleich.«

Ich hörte auf. Mir war die Macht dieser Verallgemeinerung bewusst geworden. Und ich war mit meinem nüchternen Ton zufrieden. Ich zögerte, doch dann schaute ich ihr direkt in die Augen, um sie besser züchtigen zu können. Dabei empfand ich damals weder Hass noch Eifersucht.

»Am besten, du akzeptierst ihn, wie er ist. Du solltest ihn nicht für eine Ausnahmeerscheinung halten. Du musst verstehen … und ich werde ehrlich zu dir sein, wie du es von mir verlangst. Ja, ich habe wirklich geflirtet. Anfangs bewunderte ich ihn und spürte nach und nach, dass er für meine Bewunderung nicht unempfänglich war. An dem Tag, an dem ich ihm plötzlich die Hand geküsst hatte – ich habe dir ja bereits davon erzählt –, fiel mir, als ich hochschaute, sein merkwürdiger Blick auf. Ich glaube sogar, er hat seinen Kopf zu mir hinuntergebeugt. Da habe ich es auf einmal mit der Angst zu tun bekommen und bin davongelaufen. Ich erzähle dir das nur, um dir zu zeigen, dass jeder Mann, auch Ali, schwach werden kann.«

Ich verstummte. Ich wusste nicht einmal, ob ich log oder nicht. Später habe ich mir diese Szene immer wieder so durch den Kopf gehen lassen, wie ich sie gerne gehabt hätte, dass ich es am Ende selbst nicht mehr wusste. Ich schaute sie damals an. Jetzt erst begreife ich, dass Bösartigkeit sich schlecht mit Hass oder Liebe verträgt. Wenn man den anderen treffen will, muss man ihn – wie ich damals – mit wachem, unparteiischem Verstand sehen, um nicht danebenzutreffen. Außerdem war das so einfacher.

Ich fuhr fort: »Sei nicht stolz! Du solltest dich wie alle anderen Frauen verhalten. Was macht es schon, wenn dein Mann vielleicht einmal in Versuchung gerät, schwach wird? Er gehört trotzdem für immer und ewig dir. Du hast den Besten.«

Jetzt sprach ich mehr für mich als für sie: »Man behauptet häufig von mir, ich sei heimatlos. Doch in diesem Augenblick fühle ich mich wie alle anderen Frauen dieses Landes, wie unsere Mütter und Großmütter, die nichts anderes wünschen, als ihr Heim zu haben und ihrem Gatten zu dienen und zu gehorchen, nur das wünschen sie sich. Der Mann kann da draußen einige Abenteuer haben, doch man respektiert sie, und das reicht ihnen. Sie wissen auch, dass er unter Umständen eine andere Frau, eine junge, unberührte nehmen wird, wenn sie erst einmal alt sind, doch das macht sie nicht eifersüchtig. Sie sind gelassen, weise und unterwürfig. Und haben damit vielleicht Recht.«

Sie hörte mir mit wachsendem Hass und Verachtung zu. Schon wahr, dass ich die Wahrheit recht prosaisch geschildert hatte. Ihre Augen verrieten nur ihre Ablehnung, und ich empfand so etwas wie Mitleid mit ihr, obwohl ich genau diesen Ausdruck in ihren Augen hatte hervorbringen wollen.

»Du hast mir gesagt, er habe dir geschrieben«, begann sie, immer noch verschlossen.

Ich tat, als ob ich aufstehen wollte, und fragte sie mit der genau richtigen Spur Lässigkeit: »Willst du den Brief sehen?«

»Nein!«, antwortete sie heftig. »Das ist nicht notwendig.«

Sie war immer noch stolz. Inzwischen hatte ich so viel Mitleid mit ihr, dass ich ihr am liebsten gesagt hätte, dieser Brief bedeute nichts – er beweise lediglich seine Liebe zu ihr und seine Sorge um sie. Nichts, außer der

Aufrichtigkeit und der Treue Alis. Gleichzeitig dachte ich traurig an die sinnlosen Schatten, die sich über dieses Paar gelegt hatten, die alle Wesen beherrschen, die für das Leben vereint sind, und die das ganze Leben über gestikulieren, schreien und heulen, jeder in seiner Einsamkeit – und das nannte man Glück! Plötzlich fühlte ich mich erschöpft. Ich wollte allein sein und sagte nichts mehr.

Steif stand sie auf; sie trug ihr Leid wie ein Schwert, das in ihrem Körper aufgerichtet war. Sie stand an meinem Bett und zögerte. Ich schloss die Augen, denn ich wollte ihr Gesicht nicht mehr sehen, das zu zittern begann. Als sie mit erstickter Stimme weitersprach, spürte ich, dass sie ihre Tränen kaum zurückhalten konnte. Mit tränenerstickter Stimme sagte sie: »Das Kind, das ich in mir trage, ändert nichts. Im Gegenteil. Ich muss diese Versuchung, diese Chance aus dem Weg räumen. Ich will wissen, wie die Geschichte weitergeht. Das ist das Einzige, was mich noch am Leben hält.«

Schweres Schweigen breitete sich zwischen uns aus. Trotz meiner Gleichgültigkeit wartete ich gespannt, wie es wohl weiterging. Sie kam zu mir und legte ihre Hand auf meine Schulter. Ihr Körper zitterte. Sie flüsterte wie im Fieber: »Du hast mir eines Tages von einer Verwandten erzählt, die in Algier abgetrieben hat … Deine Schwester Leila hatte die Adresse vermittelt …«

Das war es also. Ich verspürte weder Angst noch Aufruhr. Ich war mir sicher, dass sie mich nicht enttäuschen würde.

Ich fuhr schnell. Der Wagen gehorchte der geringsten Bewegung. Jedla, die neben mir saß, war bleich. Ich hielt die Augen geradeaus starr auf die Straße gerichtet und dachte an Hassein. Tief in mir berührte mich eine Welle, kräuselte sich. Ich war nicht traurig. Ich spürte Jedla neben mir und hätte gerne mit den Augen einer Fremden die Gesichter der beiden verlassenen Frauen beobachtet.

Seit ich den bitteren Geschmack der Bösartigkeit gekostet hatte, hatte ich mich schnell an ihn gewöhnt.

»Hast du eigentlich daran gedacht, dass eine Abtreibung ein Verbrechen ist? Sein Kind zu töten …«, hatte ich sie unschuldig gefragt.

Ich wirkte aufrichtig in jenem Augenblick. Das Wort »Abtreibung« löste in mir unbeschreiblichen Ekel aus. Ich fühlte mich sicherer, als ich feststellte, dass auch ich über Prinzipien verfügte und überempfindlich reagieren konnte. Ich sagte es ihr und fragte sie, warum sie keine Prinzipien habe, als ob der Zeitpunkt für Gespräche bestens geeignet wäre. Ich kann mich kaum an ihre Antworten erinnern. Der Wind trug sie fort. Sie wirkte verschlossener als je zuvor.

Ich dachte an Leila, die äußerst misstrauisch gewesen war, als sie mir die Adresse gegeben hatte. Ich beruhigte sie und betonte, ich bräuchte sie wirklich für Jedla. Es gäbe keinen Grund, sich um meine Jungfräulichkeit Sorgen zu machen. Nur die Lippen bewegend, murmelte ich vor mich hin: »Ich bin Jungfrau!« Das war zwar nicht sonderlich ernst gemeint und klang wie Hohn.

In einem anderen Ton fügte ich hinzu: »Ich bin noch unberührt.«

Dabei dachte ich an Hasseins Körper auf dem heißen Sand und an seine Lippen, die mich verbrannten. Alles andere spielte keine Rolle. In mir war alles falsch.

Geschäftig sagte ich zu Jedla: »Vielleicht hättest du besser Alis Rückkehr abgewartet und mit ihm gesprochen.«

Sie schüttelte den Kopf und starrte eigensinnig auf die Straße. Ich sprach weiter, nur um mein Gewissen einzuschläfern, das früher oder später aufwachen würde. »Es handelt sich wirklich um eine ernste Angelegenheit. Du solltest dir alles noch einmal durch den Kopf gehen lassen. Du könntest es später bereuen.«

Sie machte sich nicht einmal die Mühe, mir zu antworten. Da fiel mir die Frage ein, mit der alles begonnen hatte: »Liebst du Ali?«

Jetzt führte ich sie mit dem Wagen dem Tod zu, damit sie abtreiben, das schreckliche Wort einmal aussprechen konnte, und dachte nur an Hassein. Ich liebte Hassein. Und genierte mich nicht, in ihrem Beisein zu lachen, heftig und bitter.

14

Ich weiß nicht mehr genau, wann ich genau Angst bekommen habe, eiskalte Angst, stumm wie ein Grab. Als wir vor dem besagten Haus angekommen waren, ekelte mich der Gedanke, sie zu ihrer »Erledigung« zu begleiten. Ich verkrampfte mich. Vielleicht entstand die Angst beim Anblick der Frau, die uns empfing. Ich hatte sie mir wie eine Hexe vorgestellt, alt, zahnlos und dreckig. Sie war stark geschminkt, sodass ich ihr Alter nicht abschätzen konnte. Ihre Augen blickten uns spröde an, und um ihre Lippen spielte ein einschmeichelndes Lächeln. Sie wandte sich an Jedla und kniff die Augen zusammen. Ich war bereit, meine Freundin zu verteidigen, gegen sie, die anderen, die ganze Welt. Doch man schickte mich mit einem strafenden Blick weg. Das war kein Ort für eine junge Frau.

Auch als ich wieder auf der Straße war, hielt die Angst an, ohne dass ich gewusst hätte, warum. Die Welt, in die Jedla geraten war, hatte ich mir niemals vorstellen können, die Welt der Schönheitsinstitute und Kliniken, in der die Augen der Frauen glanzlos und trüb waren und wo sich alles mit Scheren und Äther regeln ließ. In dieser Welt gab es weder Zärtlichkeit noch Hass, nicht einmal Launen oder Fehler – nur Fälle und ein definitives Heilmittel: die Abtreibung.

Als sie das Haus verließ, war sie noch immer in Gedanken versunken, und ihre Augen funkelten wie zuvor, sie war nur ein wenig blasser. Sie hielt den Kopf leicht schräg, wie eine Puppe, deren Nacken gebrochen war.

Jedla setzte sich auf die Rückbank und schloss die Augen. Mein Herz schlug heftig, als ich beobachtete, wie sie die Zähne zusammenbiss. Es blieb ihr nur noch der Mut.

Ich fuhr langsam und versuchte, jede Erschütterung zu vermeiden. Zweimal bat sie mich anzuhalten, denn ihr war schlecht geworden, wie vor der Abtreibung. Als ich sie beim zweiten Mal an ihrer zarten Schulter packte, um ihr zu helfen, sich besser auszustrecken, wollte ich sie um Verzeihung bitten. Doch sie achtete nicht auf mich. Sie hatte ihr vor Schmerzen zusammengezogenes Gesicht zur Seite gewendet. Da wusste ich, dass ich nichts mehr tun konnte, dass alles zu Ende war. Diese Vorahnungen nannte ich Angst.

Sie starb in der darauf folgenden Nacht. Seit unserer Rückkehr bestand Leila darauf, in ihrer Nähe zu bleiben. Seit einiger Zeit behandelte sie mich hart und unnachgiebig. So auch jetzt, als sie mich zu Myriem schickte. Ich solle schlafen, meinte sie, das sei das Beste, was ich tun könne. Ich gehorchte, unterwürfig.

In meinem Zimmer überkam mich plötzlich eine unbestimmte Angst vor der beginnenden Nacht. In dem benachbarten Haus handelte man, rannte hin und her, wachte an der Seite einer kranken Frau, Jedla. Ich war hier, allein und nutzlos.

Auf meinem Bett ausgestreckt weinte ich lange. Um mich. Als mir dies bewusst wurde, weinte ich aus Wut, Scham und Selbstmitleid noch stärker.

Die Nacht jagte mir Angst ein – diese drohende Nacht, fruchtbar wie der Schoß einer Frau. Meine Tränen waren erschöpft, ich schlief schnell ein.

Kurz darauf wurde ich geweckt. Ohne den Sinn zu

verstehen, hörte ich Myriem zu, die mit roten Augen mehrmals wiederholte, Jedla sei gestorben. Ich fiel in ein großes, dunkles Loch, das nur von einem einzigen Namen erfüllt wurde: Jedla! Jedla! Jedla! Mein ganzes Wesen wiederholte diesen mir plötzlich fremd gewordenen Namen. Leise sprach ich ihn aus und betonte das J zu Beginn des Namens, so wie ihn die Araber gewöhnlich aussprechen: Djedla.

Ich fühlte, wie mein Kopf schwer wurde. Ich hatte zu wenig geschlafen. Die Leute um mich herum bewegten sich fast albtraumhaft. Ich musste Rachid trösten, der weinte, da seine Mutter ihn verlassen hatte. Ich griff nach seiner Hand. Nach einiger Zeit schlief er wieder ein. Ich beobachtete ihn, während er friedlich schlief. Jedla! Jedla!

Von den darauf folgenden Tagen blieben mir vor allem Leilas böse, inquisitorische Augen und Myriems verwirrtes Jammern im Gedächtnis, deren erste Wehen mitten in der Katastrophe einsetzten. Mein Schwager hatte sich bereit erklärt, Ali zu informieren. Als er mir am Morgen mitteilte, Ali sei eingetroffen, schaute ich ihn plötzlich genauer an und fand in ihm Zeichen des Respekts und Anstands. Ich schämte mich.

Dann betrat Leila mein Zimmer, das ich kaum verließ, und teilte mir mit, Ali wolle mit mir sprechen. Ich war kraftlos, wandte mich an sie: Meine Schwester war groß, stark und in gewisser Hinsicht sogar edel. Am liebsten hätte ich mich in den Sicherheit verheißenden Falten ihres Kleides verkrochen. Ich schaute sie flehend an. »Nein, ich gehe nicht zu ihm! Ich habe Jedla getötet! Ich habe sie in ihrem Wahn, in ihrem Leiden bestärkt, um mich zu beschäftigen, zu amüsieren und einen Mann abzubekommen!«, hätte ich am liebsten geschrien. Ich schaute Leila an, die keine Zärtlichkeiten mehr für mich hatte. Ich wünschte mir so sehr, dass sie mich in ihre Arme nahm, mich tröstete und wieder aufrichtete! Doch sie sagte nichts und schaute mich nur leicht verächtlich an. Ich würde mich nie gehen lassen, mich nie ausweinen können.

Ich hatte gedacht, einem Richter vorgeführt zu werden. Ich hatte mich getäuscht. Ein völlig gebrochener Mann wartete auf mich, ein Wrack.

Endlich begriff ich, wie man leben konnte: indem man erbärmlich das Elend austauschte. Er hatte mich nicht gerufen, um mich auszufragen, sondern um mit mir zu sprechen. Auch er wollte reden. Ihm zuhörend, durchlebte ich zum ersten Mal wirkliche Schamgefühle, die durch die Zurschaustellung des Elends der anderen ausgelöst werden. Doch je länger er sprach, je länger er mir Geständnisse machte, desto aufmerksamer hörte ich ihm zu. Ich hoffte auf einen rettenden Lichtstrahl.

Er sei für alles verantwortlich, meinte er. Endlich begriff ich. Wie hatte ich nur den Streit vergessen können, dem ich im Verborgenen beigewohnt hatte? Ali hatte vor seiner Hochzeit in Paris eine Mätresse, eine unbedeutende Schauspielerin, die in Jedlas Fantasien schön war. Mit ihr hatte er ein Kind gezeugt. Das Kind wurde zunächst bei einer Pflegemutter untergebracht und dann von der Mutter ganz aufgegeben, da sie in die Provinz gezogen war und geheiratet hatte. Sie hatte nur noch Sorge dafür getragen, Ali dies in einem Brief mitzuteilen.

Die jungverheiratete Jedla hatte dies stark mitgenommen. Nach ihrer Fehlgeburt hatte sie nur noch an dieses Kind gedacht.

Jedla hatte Ali vorgeschlagen, das Kind zu adoptieren – aus Stolz oder aus dem Wunsch heraus, sich selbst wehzutun, sich zu verletzen. Ali hatte zugestimmt, doch Jedla hatte sich immer stärker in die Rolle eines Opfers hineingesteigert und ein Mittel gefunden, ihre Eifersucht zu schüren. Ali war nach Paris gefahren, um diese Angelegenheit zu regeln und sich gleichzeitig um seine Zeitung zu kümmern.

»Ich hätte auf keinen Fall zustimmen und sie so überreizt allein zurücklassen dürfen. Sie wusste, dass ich mit der Mutter sprechen musste. Während sich alles zum Besten wendete und sie Hoffnung auf ein eigenes Kind hatte, nahm sie an, es sei zu spät, da ich mich in Paris um das Kind der anderen kümmerte.«

Er konnte kaum sprechen. Seine Sätze wurden immer wieder durch sein Schluchzen unterbrochen und verloren sich in seiner Verzweiflung.

Während ich ihn anschaute, dachte ich nur an mich. Ich würde viel Zeit brauchen, um mich mit dieser Vergangenheit auseinander zu setzen und sie neu zu formen. Auch wenn ich mir immer wieder einreden würde, ich sei unschuldig, würde ich wohl nie mehr so unbekümmert sein wie zuvor.

Auch der Mann, der vor mir saß, war von seiner Schuld überzeugt. Doch da war meine Verzweiflung, die aus einer anderen beschämenden Vergangenheit herrührte. Wer von uns beiden durfte sich wirklich schuldig fühlen? Doch zweifelsohne hatte das keine Bedeutung mehr. Jedla war tot. Ihr Tod gehörte niemandem, nur ihr, ihr allein.

15

Ich verließ Ali für immer. Jedla war tot. Ich musste vergessen. Ich wusste, dass es mir diesmal schwer fallen würde zu vergessen.

Hassein wartete zu Hause auf mich. Als ich ihn von weitem sah, empfand ich keine Freude. Mein Herz war eine freie Ebene, auf dem Schande und Elend hausten.

Jetzt hatte ich wenigstens eine Gelegenheit, die pure Verzweiflung zu erleben, eine eindeutige Situation anzutreffen. Hassein mit seinem bösen Blick und seinen ironischen Lippen würde mich sicher dazu bringen zu gestehen, zu weinen und vor allem mich zu erleichtern. Und er würde zufrieden sein, da er wieder einmal Recht gehabt hatte.

Doch ich verstand schnell, dass ich mich wieder täuschte. Als er anfing zu sprechen, wusste ich, dass es um mein Leben ging. Seine Stimme war weder bitter noch aggressiv. Er sagte leise: »Ich habe deinen Brief erst heute Morgen bekommen, als ich von einer Reise zurückkam. Ich bin sofort hierher gefahren. Nadia, ich bitte dich …«

Ich schaute ihn an. Seine Augen verrieten, wie sehr er sich Sorgen machte, was ich bestürzt feststellte. Dann hätte ich beinahe innerlich gelacht: Er bat zu spät um sein Glück, zu spät. Schnell sagte ich: »Lass uns hinausgehen.«

Lange gingen wir auf der menschenleeren Straße spazieren. Wir gingen im gleichen Rhythmus, unsere Schritte klangen hell in der Stille. In der noch strahlenden Abendsonne liefen unsere Schatten hinter uns her. Sie waren bereits ein Paar.

Er wartete. Und hoffte. Und flehte mich stumm an. Es handelte sich für mich nicht mehr nur um eine Frage des Glücks. Das »Schicksal« dieses Mannes lag in meinen Händen, um ein Wort zu gebrauchen, auf das man häufig am Ende dramatischer Geschichten stößt. Ich war äußerlich ruhig, doch ich versteckte nur meine erbärmlichen Versuche, mich von einer zu undurchsichtigen Vergangenheit zu befreien, mich mit dem Gesicht einer toten Frau auseinander zu setzen. Ich verstrickte mich in Begriffe wie Verantwortung, Gewissensbisse, Bewusstsein. Dabei waren das nur Wörter. Kurz zuvor hatte ich gehofft, Hasseins Sarkasmen, seine Kompromisslosigkeit würden mich wieder zu mir führen. Und jetzt trat er als Bittsteller auf.

Als er kurz darauf um meine Hand anhielt, schaute ich lange der Sonne zu, die am Horizont ins Meer eintauchte. Ich saß neben Hassein auf dem Sand. Vorsichtig griff ich nach seiner Hand und lächelte traurig. Ich sagte Ja. Er fragte, ob ich ihn liebe. Ich sagte ein zweites Mal Ja. Auf seine Bitte hin wiederholte ich zärtlich: »Ich liebe dich.«

Dann lag ich in seinen Armen. Als ich die Augen schloss, um seinen Kuss zu empfangen, spürte ich den Sommer in mir wie einen schweren Stein.

Dann wiederholte ich dieses schwierige, lastende und simple Wort: »Ja.«

Das war also die Liebe: die Tiefe eines dunklen Herzens, das man lächelnd hinter sich herschleift, um Glück zu schenken … Ich war endlich eine Frau.

Einige Tage später verließ ich bereits verlobt die Stadt M., ohne Ali noch einmal getroffen zu haben. Erst sehr viel später hörte ich wieder von ihm. Er war nach Frankreich zurückgekehrt und führte ein unstetes Leben. Man behauptete, er trinke, und bezeichnete ihn als Träumer.

Nach unserem ersten Ehejahr – meine Umgebung bezeichnet uns als glücklich – schaue ich Hassein häufig neugierig an. War das noch der Mann, der mich gelegentlich aufbegehren ließ, der mir Angst und Schrecken eingejagt hatte? Jetzt lege ich meine Hand auf seine Schulter, denn seine Gegenwart verleiht mir immer Sicherheit. Ich streiche gerne über seine struppigen Haare und seine schmale Stirn, versuche, ihm das Leben so angenehm wie möglich zu gestalten. Sein Lachen am Morgen versüßt mir den ganzen Tag. Ich spüre dann immer diese zärtliche Traurigkeit, die man häufig für ein Kind oder einen Blinden empfindet.

Ich denke auch an das Glück, das ich wie eine Entfaltung, wie eine leise Harmonie empfinde. Doch heute sind für mich nur noch die Gegenwart Hasseins wichtig, die ruhigen Vergnügungen und das Leben, das mal schnell, mal langsam verstreicht. Natürlich sind diese betörenden Sommer, die ich als Zwanzigjährige erlebte, endgültig vorbei. In der Stille meines Herzens hat nicht einmal mehr die Scham Platz. Ich glaube, ich habe die Vergangenheit vergessen. Trotzdem steigt von Zeit zu Zeit wie eine offene Blüte der Name Jedla in mir auf, und ich bin selbst überrascht, wenn ich ihn ab und zu auf meinen Lippen trage. Doch er klingt nicht mehr bitter, nur noch fremd und verloren.

Ja, ich hatte gedacht, die Vergangenheit besiegen zu können. Doch sie hatte sich nur in mir festgesetzt wie Grundwasser. Warum wacht sie an diesem Abend so plötzlich wieder auf? Hassein ist doch da. Er schläft an meiner Seite, friedlich und vertrauensvoll wie alle Männer nach der Liebe. In der Stille höre ich, wie sein langsames Atmen die Leere meiner Seele skandiert.

Jetzt habe ich, hier im Ehebett, Angst. Warum belagern mich plötzlich diese Phantome? Ich glaubte, endlich zu den befleckten, aufgeblühten, freimütigen Frauen zu gehören. Ich dachte, ich wäre tugendsam geworden, was ja nichts anderes bedeutet, als in Sicherheit zu leben.

Es war so einfach, Hassein jeden Abend fröhlich zu empfangen, die Rollen zu spielen, die ihn bezaubern, die der naiven Koketten, der dickköpfigen Eifersüchtigen oder der Ernsten. Wenige Minuten zuvor erst hatte ich mich mit stummer Trunkenheit in seinen Liebkosungen verloren. Jetzt aber, während er schläft, liege ich allein mit offenen Augen im Dunkeln.

Der Körper des Mannes an meiner Seite bewegt sich. Seine Beine suchen meine, seine Hand tastet auf dem Kopfkissen nach meiner Schulter, meinen Haaren. Ich drehe mich etwas zu schnell auf die andere Seite. Hassein ist halb wach und fragt grummelnd: »Was hast du?«

»Nichts.«

Ich hatte bewusst das Wort gewählt, das ihn zwingen würde, sich mit mir zu beschäftigen. Seine verschlafene Stimme, die einzig beruhigt werden wollte, hatte mir nicht gefallen. Ich bin müde und spüre in meinem Herzen einen zitternden Schmerz, mit dem ich nichts anfangen kann. Die Vergangenheit streift umher, ist noch nah …

Ich möchte weinen, meinen Verrat an diesem Jahr armseligen Glücks hinausschreien, Hassein wecken, Licht machen und ihm eine ferne, doch kürzlich erst zugetragene Geschichte von einem Sommer am Meer erzählen, von einer Fremden, die mich benutzt hatte, um sich in den Tod zu stürzen, um zu fliehen. Ich spreche zum letzten Mal Jedlas Namen aus. Und verstehe endlich.

Wie Brackwasser dringt Unruhe in meinen Körper. Ich würde ihr in Kürze den Namen Gewissensbisse geben, der genauer, aber auch schrecklicher ist. Nichts, hatte ich zu Hassein gesagt. Es ist wirklich nichts, nur Jedlas wieder gefundener Name, nichts als die wieder gefundene Flucht.

Hassein macht plötzlich Licht.

Geblendet schließe ich meine Augen, habe aber noch Zeit, seine vom Schlaf zerzausten Haare wahrzunehmen, sein vom Schlaf ein wenig verquollenes Gesicht. Genauso plötzlich mache ich das Licht wieder aus. Ich sehe gerade noch, wie in seinen Augen Besorgnis flackert. Das hätte mir genügt. Doch sein Blick befragt mich ungeduldig. Und die Anzeichen von Wut sind mir nicht unangenehm.

Die Versuchung und die Vergangenheit verlassen mich eine nach der anderen. Ich fühle mich immer noch erschöpft, aber gleichzeitig besänftigt, ausgestreckt in der Mulde des riesigen Bettes liegend.

»Was hast du denn?«, fragt Hassein noch einmal. Seine Stimme verrät den aufkeimenden Zorn.

Ich lache kurz, ein Lachen, das mir unbekannt ist.

»Nichts«, antworte ich, um ihn zu beruhigen. »Ich kann nur nicht schlafen.«

Lüge ich aus Mitleid, Liebe oder Feigheit? Unwichtig. Wichtig ist nur, mich selbst zu überzeugen und oft genug zu wiederholen, dass dieser merkwürdige Durst, der mir von einem toten Gesicht vermacht wurde, nur ein namenloser Nebel in meinem unsicheren Herzen ist. Ich muss vor allem darauf achten, den Schlaf des Mannes nicht mehr durch meine wechselhaften Gemütsverfassungen zu stören.

Ein letztes Mal spüre ich, wie mich heimtückische Angst befällt. Ich bitte Hassein leise, fast flüsternd: »Gib mir deine Hand!«

Er begreift nur, dass ich die Wärme seines Körpers brauche, um in die Nacht, in das Leben eintauchen zu können.

Eine Frau aus Algier

An einem milden Frühlingstag des Jahres 1957 nahm eine junge Algerierin – sie war noch keine einundzwanzig – in Paris ein Taxi zu *Julliard,* dem bekannten Verlag, der gerade ihren ersten Roman »Durst« angenommen hatte. Der Vertrag, den sie unterzeichnen sollte, war im Grunde wertlos, weil sie noch nicht volljährig war. Aber die junge Autorin hatte viel größere Sorgen. Ein Fototermin mit der Frauenzeitschrift *Elle* war vereinbart, deren Redakteur auch biografische Angaben wünschte. Weil sie sich Sorgen machte, wie ihre Familie wohl auf ein Buch reagieren würde, in dem von Erotik die Rede war und das sie außerdem zu einer Zeit geschrieben hatte, als sie eigentlich für ihre Examen hätte lernen müssen, beschloss sie impulsiv, ihre Haare abzuschneiden, ihr Geburtsdatum zu ändern und ein Pseudonym zu verwenden. Es klappte nicht. Einige Wochen später kam ihre Mutter, die beim Friseur in der Illustrierten blätterte, ihr auf die Spur.

Während das Taxi durch die Straßen von Paris fuhr, bat die junge Schriftstellerin ihren Verlobten, einen algerischen Nationalisten, der sich bald auf der Flucht vor der französischen Polizei befinden würde, ihr die neunundneunzig rituellen Anrufungen für Allah aufzuzählen, in der Hoffnung, darunter ein geeignetes Pseudonym zu finden. Sie wählte *djebbar* aus, ein Wort, das Allah als »unversöhnlich« preist, schrieb es in der Eile aber falsch, nämlich »djébar«, wodurch sie das klassische Arabisch unbeabsichtigt in den landessprachlichen Ausdruck für »Heiler« verwandelte. Der Accent aigu wurde bald weggelassen, aber zumindest ein französischer Gelehrter, der mit dem Arabischen vertraut ist, Jacques Berque, nannte sie »Djebbar«, als er 1985 ihren Roman »L'amour, la fantasia« (dt. »Fantasia«) rezensierte. Auf »Assia« verfiel sie, »einfach, weil es ein Vorname war, der sich in der ganzen Familie großer Beliebtheit erfreute«. Aber er hat weit reichende symbolische Anklänge. In der arabischen Standardsprache bedeutet er Asien und den mysteriösen Orient, »orientalisiert« folglich die Trägerin. Zufällig ist es auch der Name der ägyptischen Prinzessin, die Moses rettete und deshalb in der algerischen Folklore als Heilige verehrt und »Pharaos Schwester« genannt wird. In der Landessprache heißt so die Blume, die wir als Immortelle oder Edelweiß kennen.

Mehr als zwanzig Jahre später, in »Die Frauen von Algier«, bezeichnet sich die »Heilerin« im Text einmal als *sourcière,* als Rutengängerin, die in die unterirdische Realität des weiblichen Schweigens einzudringen versucht, um das totenähnliche Leben im Harem zu beschwören und ihren vergessenen Schwestern eine Art Unsterblichkeit zu schenken.

Assia Djebar wird oft die begabteste Künstlerin genannt, die in diesem Jahrhundert aus der moslemischen Welt hervorgegangen ist. Feministin, Sprecherin für ihre ans Haus gefesselten Schwestern, furchtlose Kritikerin ihrer traditionalistischen Brüder, selbstbewusste Schriftstellerin des Maghreb und ebenso selbstbewusste internationale Referentin, ist Djebar eine Frau der Kontraste, deren Einsatz inmitten der Wirren des Postkolonialismus bewundernswert ist.

Als moslemische Frau, die nach dem französischen System erzogen wurde, während ihr Land sich de facto noch unter kolonialer Herrschaft befand, und als Zeugin eines fast acht Jahre währenden brutalen Kriegs ist Assia Djebar die einzige Schriftstellerin ihrer Generation, der es gelang, sowohl vor der Unabhängigkeit ihres Landes als auch danach eindrucksvolle Leistungen zu erbringen. In ihren Werken geht es immer um Probleme, die mit dem Übergang von kolonialer zu postkolonialer Kultur zu tun haben: um die Definition einer Nationalliteratur, um die Debatte über kulturelle Authentizität, um die problematische Frage der Sprache und um die Integration der Frau in eine patriarchalische Gesellschaft.

In Nordafrika wird Assia Djebar gelobt oder zensiert, abhängig von den ideologischen Schwankungen der jeweiligen Regimes. Im Nahen Osten ruft sie Kontroversen hervor, seit sie als Sponsorin der französischen Übersetzung von »Ferdaous« fungierte, eines Romans von Nawal al-Saadawy, der ehemaligen ägyptischen Gesundheitsministerin, einer Soziologin und Medizinerin, die entlassen und schließlich sogar eingesperrt wurde, weil sie über Frauenprobleme gesprochen hatte, darunter auch über die schreckliche Erfahrung ihrer eigenen rituellen Beschneidung als Kind. Mit kompromissloser Ehrlichkeit spricht Djebar über eine Kultur, die die Frau glorifiziert, um sie umso mehr zu unterdrücken.

Geschichten über unmoralische Charaktere junger Mädchen aus gutem Hause, die eigentlich nichts über derartige Perversitäten wissen dürften, waren zur Zeit des Erscheinens von »Durst« sehr in Mode. Fast noch ein Teenager, hatte Françoise Sagan 1954 »Bonjour tristesse« veröffentlicht. Assia Djebar schickte ihr erstes Manuskript demselben Verleger, eine Entscheidung, die kein reiner Zufall gewesen sein kann, auch wenn sie das heute behauptet. Der Vergleich mit Sagan wurde als Bewertungsmaßstab für Djebars Talent benutzt. Sogar die positiven Reaktionen in der amerikanischen Presse waren mit Beurteilungen wie »ein Hauch von Sagan« durchsetzt. Für die französischen Fachleute war sie der Beweis, dass die *mission civilisatrice,* die im Grunde darin bestand, »einen von ihnen« in »einen von uns« zu verwandeln, durchaus Erfolg haben konnte. Für die Algerier, die inmitten eines Unabhängigkeitskrieges nach einer engagierten Literatur verlangten, war Assia Djebar eine schamlose Hure. A. Nataf verunglimpfte »Durst« als »bourgeoisen Mist, in dem mit keinem Wort von der algerischen Wirklichkeit des Krieges, Leidens und Mutes die Rede ist«. Mit der Veröffentlichung eines zweiten, ziemlich ähnlichen Romans kurze Zeit später wurde diese Abstempelung weiter gefestigt, auf beiden Seiten des Mittelmeers.

Assia Djebar kam im Herbst 1954 nach Frankreich. Am 1. November 1954 brach in Algerien der Krieg aus, nur wenige Monate nach dem französischen Debakel von Dien Bien Phu am 7. Mai. Dies war der Anfang vom Ende des französischen Imperiums. 1958 wurde Assia Djebar von Sèvres ausgeschlossen, der Eliteschule mit sehr beschränkter Zulassungsquote, wo sie als erste Frau aus den Kolonien ein volles Stipendium erhalten hatte. Ihr jüngerer Bruder saß im Gefängnis, und ihr frischgebackener Ehemann wurde von der französischen Polizei gesucht. In der

Hoffnung, auf Schleichwegen in die Heimat gelangen zu können, schmuggelten sich die neu Vermählten in Tunesien ein, aber der Grenzübergang wurde ihnen verwehrt.

Während sie in Tunis mit Flüchtlingen arbeitete, schrieb Assia Djebar aggressive Artikel für Frantz Fanon, der Herausgeber des revolutionären *El-Moudjahid* war. Die Zeitung war damals, so Djebar, »die hoffnungsvollste Stimme der Algerier im Krieg«. In Tunis setzte sie auch ihr Geschichtsstudium fort und schrieb unter dem berühmten französischen Historiker Louis Massignon eine Magisterarbeit. Massignon – selbst eine Art Mystiker – war der ideale Leiter für ein Forschungsprojekt, das eine Heilige im Tunis des zwölften Jahrhunderts zum Thema hatte. Djebar hatte dieses Thema nicht zufällig gewählt, war hier doch die Frage nach der vorkolonialen Vergangenheit mit der Frage nach postkolonialen Rolle der Frau verknüpft. Mythische Stammesgroßmütter als Wächterinnen, die das kollektive Gedächtnis bewahren und weitergeben, sind in Djebars Werken im Überfluss vorhanden.

Von Tunis ging Assia Djebar nach Marokko, wo ihr dritter Roman entstand. »Les Enfants du nouveau monde« schien bedingungslos auf der Seite der Revolution zu stehen. Mit der Anspielung auf die Neue Welt, mit der Hoffnung, dass dieser Krieg – wie der Amerikanische Unabhängigkeitskrieg – zu einer gerechteren Gesellschaft führen würde, war der Vorwurf an die Erste Welt verknüpft, in paternalistischer Absicht die Dritte Welt »erfunden« zu haben. Vom traditionellen Ort ihrer Isolierung aus, dem nicht überdachten Innenhof, verfolgen die Frauen begierig die Schlacht, die auf dem Berg über ihnen tobt. Dieser auf nur allzu realen Gesellschaftsformen basierende literarische Effekt, diese binäre Struktur zweier imaginärer Welten, einer männlichen und einer weiblichen, war wohl erwogen. Die zur Untätigkeit und Bewegungslosigkeit verurteilten Frauen können nur zuschauen. Draußen kämpfen die Männer, bewegen sich frei (Djebar verwendet dafür mit Vorliebe das Wort *circuler,* das eine unbeschränkte Autonomie von Körper und Geist implizieren soll). Wenn, wie Kritiker versichern, eine solche Topografie eine Konstante der kollektiven Fantasie im Maghreb ist, so hat Assia

Djebar sie sich im Namen der Gerechtigkeit angeeignet. Sie wollte lieber die Sache der algerischen Frauen vertreten als – wie ihre schreibenden Brüder es mit Vorliebe taten – die traurige Lage der Söhne beklagen, die sich selbst überlassen blieben, weil ihre verräterischen Väter abwesend waren, oder die von ihren nur allzu präsenten Vätern beherrscht wurden, die jedoch im Grunde besiegt, entmannt und emotional tot waren.

Djebar kehrte am 30. Juni 1962 nach Algier zurück, einige Wochen nach Erscheinen von »Les Enfants du nouveau monde«. Es war ihr sechsundzwanzigster Geburtstag und der Vorabend der Unabhängigkeit am 1. Juli. Auf den Straßen aller algerischen Städte jubelten Menschenmassen, und es herrschte eine Stimmung der allgemeinen Versöhnung. Doch kaum war ein Jahr vergangen, da versuchte die Macht habende Partei auch schon, die Nation zu einem einheitlichen kulturellen Modell zu verschmelzen. Der Historiker Mostefa Lacheraf, nun Regierungsmitglied, legte die Parteilinie aus, indem er Schriftsteller angriff, die »zu bürgerlich« waren, und in hitzigen öffentlichen Debatten erweckte er die alte Sprachfrage zu neuem Leben, indem er sie zu einem Test für Patriotismus hochstilisierte. Seine Eröffnungsrede beim ersten Parteikongress in demselben Jahr enthielt die Forderung, die neue Nation müsse in einem Akt der sprachlichen Rückeroberung fest im Arabischen verankert werden. Nicht wenige algerische Kritiker stießen ins gleiche Horn.

Assia Djebar, die damals Dozentin an der Universität von Algier war, begann ihren vierten Roman, »Les alouettes naïves«, als Katharsis, stellte aber fest, dass sie blockiert war. Als Frau in eine patriarchale Kultur hineingeboren, zapfte sie eine unterdrückte Geschichte an, ihre Geschichte, und zum ersten Mal wurde ihr nun richtig bewusst, dass es seine Geschichte war, die die ihrige unterdrückte. Wenn sprachliche Hegemonie erzwungen werden sollte, wie die neue Nation das wollte, konnte die patriarchale Hegemonie da noch lange auf sich warten lassen? Es dauerte zehn Jahre, in denen sie sich vor Unruhe verzehrte und unter der Wunde des sich selbst auferlegten Schweigens litt, bis sie sich zutrauen sollte, den Konflikt in »Die Frauen von Algier« zu erforschen.

1973 veröffentlichte eine algerische Kritikerin in einer algerischen Zeitschrift, *El Djazairia,* eine vernichtende Beurteilung von Assia Djebars Werken. Farah Ziane brandmarkte erneut Djebars Mangel an sozialem Bewusstsein und bezeichnete ihre Arbeiten als perfektes Beispiel »marginaler Literatur« von einer Autorin »aus wohlhabender Familie, mit konservativen, wenngleich keineswegs puritanischen Neigungen«. Diese abgenutzten Argumente ad feminam, an die sich Djebar mit einer Nüchternheit erinnert, die ihren Schmerz nicht ganz kaschieren kann, lagen ganz auf der Parteilinie zur Frage der nationalen Identität, zusätzlich verhärtet durch Algeriens angemaßte Führungsrolle bei der Gipfelkonferenz jenes Jahres, welche die Erste Welt davon überzeugen sollte, dass die Dritte Welt politisch und kulturell auf eigenen Beinen stehen konnte. Worin würde denn eine authentische algerische Kultur bestehen, sobald man sich nicht mehr der französischen Sprache bediente? Diese Frage hatte großes politisches Gewicht, und sie wurde durch die kulturelle Hegemonie der dominanten arabischsprachigen Gruppe immer wieder aufs Tapet gebracht. Wie Djebars verächtliche Ablehnung einer Politik der »Arabisierung von oben« beweist, ist diese Frage in einem Land, das mehrsprachig ist, noch lange nicht entschieden. Jeder Schriftsteller, der sich nach der Unabhängigkeit zwar nachdrücklich als Algerier bezeichnete, aber in einer anderen Sprache als Arabisch schrieb, bewegte sich auf einem Minenfeld.

Assia Djebars trotzige Umarmung der französischen Sprache als Instrument der Selbstbefreiung ist höchst ungewöhnlich. Für die Generation von Schriftstellern, die vor der Unabhängigkeit bekannt geworden waren, allesamt Männer, war Französisch eine problematische Waffe der Opposition gewesen, die eingesetzt wurde, um den Kolonisator zu bekämpfen und gleichzeitig den kolonisierten Vater anzuklagen, der entweder an seiner eigenen Niederlage mitgearbeitet oder zumindest unfähig gewesen war, seinen Sohn zu retten. Für Djebar wurde Französisch allmählich zum Mittel einer Befreiung, durch Vermittlung ihres zweisprachigen Vaters; auf diese Weise versuchte sie den zunehmend restriktiven Brüdern zu entkommen, den Wächtern über den physischen und intellektuellen Harem. Wenn Djebar davon spricht, die französische Sprache erbeuten und – in der Ouvertüre von »Fantasia« – einer »Sprache, die ihrerseits so lange Zeit mit einem Schleier verhüllt war«, eine feministische Stimme geben zu wollen, eignet sie sich die oppositionelle Tradition an und stellt diese gleichzeitig auf den Kopf.

Assia Djebars ungewöhnliche Sprache hat Kritiker so entnervt, dass einige sich bereits bei »Les Enfants du nouveau monde« fragten, ob ihr die Beherrschung des kartesianischen Französisch nicht vielleicht abhanden komme. Dieses Aushöhlen der kartesianischen Textur hatten auch Männer versucht (beispielsweise Kateb Yacine). Doch bei Djebar überschnitt sich die Frage der Sprache mit der Strukturierung des Raums und mit dem Bild von der Frau.

In Assia Djebars Texten ist die Sprache des Unterdrückers mit arabischen Kadenzen und Bildern, Redewendungen und Satzkonstruktionen überflutet, die sich in so gewundenen, ineinander verschlungenen Arabesken bemerkbar machen, dass sie zum Albtraum eines Übersetzers werden können. Djebar baut sehr stark auf Typografie und Seitenaufteilung, um polyphone Effekte augenfällig zu machen. Sie will die Sprachenfrage mit der Frauenfrage verbinden. Auch die arabische Sprache – denn sie kann klassisches Arabisch lesen. Die Frage, die sich ihr stellte, war jedoch: welches (oder wessen) Arabisch?

In Djebars Werken stehen berberische und kabylische Kulturen und Völker, die schon vor den Invasionen der Römer und Araber in Nordafrika lebten, für eigensinnig bewahrte, individualistische Kulturnormen und einen tief verwurzelten Sinn für historische Unterschiede. Mit anderen Worten – sie bilden eine effektive menschliche Barriere gegen das Schreckgespenst einer »Arabisierung von oben«. Djebar ist sich der Mischung verschiedener Kulturen auf nordafrikanischem Boden lange vor der arabischen Invasion im siebten Jahrhundert voll bewusst.

Da es die Frauen waren, die das Alte bewahrt und weitergegeben haben, könnte es durchaus sein, dass sie auch die Kraft haben werden, eine Gesellschaft zu heilen, die infolge zahlreicher Eroberungen stark zersplittert ist: eine Gesellschaft, die nach Westen geblickt hat (die Erinnerungen an das maurische Imperium), dann nach Osten (die Ausbreitung des islamischen Glaubens). Eine

Gesellschaft, die unter der türkischen Okkupation, der französischen Kolonisation und dem anschließenden Unabhängigkeitskrieg gelitten hat und jetzt alle Auseinandersetzungen infolge des Versagens der Panarabischen Bewegung zu spüren bekommt, nicht zuletzt den raschen Aufschwung des islamischen Fundamentalismus. Wenn eine solche Gesellschaft, die ihre Vergangenheit verdrängt, die Isolation und Unterdrückung der Frauen wieder einführt, betreibt sie eine geradezu tödliche Form der Amnesie, die bei Djebar selbst zu zeitweiligem Verstummen und zu einer »Enttäuschung ..., die von Verzweiflung nicht allzu weit entfernt war«, führte.

Die Nachkriegspolitik ihres Landes hat Assia Djebar ihrer Illusionen beraubt. Viel bescheidener – und vielleicht mutiger – setzt sie sich für eine persönliche Freiheit ein, die sowohl Frauen als auch Männer von den Fesseln der Tradition befreien würde, sofern diese Tradition ihr geistiges und körperliches Wohlbefinden beeinträchtigt. Und damit spricht sie für uns alle.

Das folgende Interview ist aus mehreren Gesprächen in verschiedenen Jahren entstanden. Aus diesen Unterhaltungen zusammengeschnitten, umspannt es ein langes und vielseitiges Berufsleben; die Beziehung zwischen Schreiben und Filmemachen wird ebenso erörtert wie ihre wechselnde Poetik, deren Beziehung zu den anderen Künsten und zum Französischen, der Sprache der Eroberer (»sie kamen, sie töteten, sie eroberten«). Trotz ihrer Wachsamkeit offenbarte sie allmählich immer mehr von ihrem Werk, bis hin zu jenem *cœur intime,* jenem innersten Herzen oder Kern (das französische Wort kann beides bedeuten), dessen Schutz ihr so wichtig ist.

Das Gedächtnis einer Frau umspannt Jahrhunderte

Interview mit Assia Djebar

Clarisse Zimra: Assia Djebar, können Sie uns etwas über Ihre Herkunft erzählen, über Ihre Familie, Ihre Schulzeit? Was hat die ehrerbietige Tochter traditioneller moslemischer Eltern, aufgewachsen in puritanischer Umgebung, wie Sie selbst oft gesagt haben, was hat diese Tochter dazu verleitet, in einer Kultur, die Frauen nicht zum Schreiben ermutigt, eine französische Schriftstellerin zu werden?

Wenn ich gebeten werde, mich einem Publikum vorzustellen, das vielleicht nicht alle meine Werke gelesen hat, so tue ich das mit folgenden Worten: »Ich wurde in Algerien geboren. Im Alter zwischen zwanzig und dreißig Jahren schrieb ich vier Romane. Dann veröffentlichte ich etwa zehn Jahre lang nichts mehr. Zwei Jahre arbeitete ich an einem Film, der sich mit den Frauen meines Stammes beschäftigte, wobei ich mich auf das vertraute Territorium meiner Kindheit begab, tief darin eintauchte. Hinterher kehrte ich zur Schriftstellerei zurück. Ich war gerade vierzig geworden. Zu dieser Zeit fühlte ich mich endlich voll und ganz als französischsprachige Schriftstellerin, obwohl ich durch und durch Algerierin blieb.«

Ich will damit Folgendes klarstellen: Was mich interessiert, ist die Beziehung zwischen Schriftstellerei und Autobiografie, denn im Gegensatz zum üblichen Schema der Frauenliteratur westlicher Tradition, die ausgesprochen subjektiv ist, habe ich das Schreiben anfangs als eine Art von Herausforderung betrieben, mit dem Ziel, meinem eigenen Ich so fern wie nur irgend möglich zu bleiben. In meinen literarischen Arbeiten klammerte ich mein persönliches Leben total aus.

Wenn ich Sie richtig verstehe, haben Sie sich in den frühen Romanen sozusagen vor sich selbst versteckt. Wie haben Sie es geschafft, aus dieser Deckung hervorzukommen?

Das weiß ich noch ganz genau. Ich kann Ihnen heute sogar exakt den Punkt nennen, an dem ich plötzlich blockiert war. Ich schrieb »Les alouettes naïves« und skizzierte gerade das Leben eines jung verheirateten Paars. Anfangs dachte ich, dass dieses ganze private Zeug nicht in den Roman gehörte, weil es vom übrigen Inhalt wegführte, weil mitten in einer Kriegsgeschichte plötzlich von gegenseitiger erotischer Erfüllung die Rede war. Heute glaube ich, dass ich zwar dachte, ich würde so weit wie nur möglich von mir selbst entfernt schreiben, dass meine fiktive Welt mich im Grunde aber plötzlich eingeholt hatte. Ich konnte nichts dagegen tun. Mein Leben als Frau hatte mir ein Bein gestellt. Und nun hatte ich das Gefühl, als würde ich … als würde ich mich in doppelter Weise exponieren. Erstens, weil ich als Algerierin, die jedoch ein westliches Leben führte – oder jedenfalls diesen Anschein erweckte –, ohnehin schon etwas exponiert war. Und zweitens, weil ich mir noch viel exponierter vorkam, wenn ich meine innersten Gefühle offenbarte. Deshalb zog ich es lange Zeit vor zu schweigen. So als könnte ich nicht über jenen innersten Kern hinaussehen, so als … so als wäre das Schreiben eine Art Selbstmord.

Ihre Fragen zwingen mich jetzt, mir selbst die Frage zu stellen: Warum sind mir autobiografische Fragen ein solches Gräuel? Ich glaube, das kommt daher, weil ich in meinen ersten drei Romanen meinem eigenen Leben systematisch den Rücken zuwandte – kurz gesagt, weil ich mich energisch gegen die autobiografische Dimension des Schreibens sperrte. Diese Erkenntnis führt mich heute dazu, meine heftige Reaktion auf Ihre ersten biografischen Fragen neu zu überdenken. Jetzt bin ich fast froh, dass Sie sie gestellt haben. Na ja … fast!

Der Mittelteil von »Alouettes« unterbricht die lineare Abfolge und zerbricht die zeitliche Struktur. Aber er ist in Bezug auf Bilder und deren Symbolik von größter Bedeutung, denn dieselben Bilder verwenden Sie auch in »Die Frauen von Algier«.

Sie zwingen mich, in meinen Erinnerungen zu wühlen. Ich selbst lebte damals in einem seligen Glückszustand, ich erlebte eine Liebesgeschichte außerhalb des Zeitgeschehens, und dieses private Glück war ein bisschen statisch. Da lebte ich nun inmitten so vieler anderer Exilierter. Ich beschloss, einen Roman zu schreiben, der die verschiedenen Stadien des unter ihnen erwachenden politischen Bewusstseins schildern sollte. Es waren größtenteils junge Leute, und nicht alle waren Opfer des Kriegs. Ein sehr gemischter Haufen. Mein Verhältnis zur Autobiografie, das damals vielleicht seinen Anfang nahm, bestand hauptsächlich in der plötzlichen Erkenntnis, dass wir alle nur Randfiguren waren, Akteure auf den Seitenlinien, um einen Ausdruck zu gebrauchen, der manchen Leuten nicht gefallen wird.

Verglichen mit Ihren frühen Romanen ist »Alouettes« ein dickes Buch von fast fünfhundert Seiten. Einige Stücke daraus, die wie Überreste wirken oder aber deutlich als Fortsetzungen zu erkennen sind, wurden später in »Die Frauen von Algier« aufgenommen, das dreizehn Jahre später erschien. Was hat Sie dazu bewogen? Waren sie in politischer Hinsicht zu brisant, um früher veröffentlicht zu werden?

Diese Erzählungen stehen meinem Herzen noch immer nahe. Beispielsweise stürzte bei »Die Toten sprechen« das autobiografische Element förmlich über mich herein, eine mächtige Welle, ausgelöst durch den Tod meiner eigenen Großmutter acht Tage nach Algeriens Unabhängigkeit am 1. Juli 1962. Was die letzte Geschichte betrifft, »Nostalgie der Horde«, so gab meine ehemalige Schwiegermutter mir die Idee dazu ein. Sie zeigte mir, dass das Gedächtnis einer Frau Jahrhunderte umspannt – das Gedächtnis einer einzigen Frau. Sie erzählte mir von einer vergessenen alten Frau, die ihr von den früheren Zeiten zu erzählen pflegte. Und dies ist genau die Art und Weise, wie algerische Frauen die Vergangenheit überliefern: Sie erzählen die Geschichte der Kolonisation, aber sie erzählen sie anders als die Geschichtsbücher. Während ich ihr zuhörte, dachte ich mir: »Ich werde eine Sammlung von Erzählungen schreiben.« Ich wollte der ganzen Welt zeigen, dass ich als Schriftstellerin einen zweiten Anlauf nehme, in einer neuen Tonart. Sobald ich diese Entscheidung getroffen hatte, fühlte ich mich mit mir selbst versöhnt. Zehn Jahre lang hatte ich zwar keinen regelrechten Bruch, aber doch eine Art Loslösung von mir selbst erlebt. Ich hatte eine Entdeckung gemacht: Über sich selbst zu schreiben, bringt einen in tödliche Gefahr.

Gab es noch andere Gründe? Ich denke dabei an die Ereignisse auf Algeriens politischer Bühne, an das langsame Anziehen der Schraube in

Bezug auf die bürgerlichen Freiheiten der Frauen. Und war es in ästhetischer Hinsicht nicht Ihr Film – dieses neue Medium, das hauptsächlich das Auge forderte –, der Sie zwang, Ihre Sicht der Dinge zu überdenken? Oder wurden Sie noch immer von dem alten Problem der Sprache geplagt?

Ah, das Problem der Sprache! Ich weiß, ich habe vielen Journalisten erzählt, dass mein Schweigen etwas mit meinem problematischen Verhältnis zur Sprache zu tun hatte. In erster Linie behauptete ich das, um in Ruhe gelassen zu werden. Aber Ihre Fragen zwingen mich zum Nachdenken, und ich bin davon überzeugt, dass etwas anderes zugrunde lag – dass dieses Schweigen seine Ursache tief in mir selbst hatte. Ich weiß beispielsweise, dass ich bis »Fantasia« warten musste, um wirklich die Kontrolle über meine Arbeit zu übernehmen, um mein innerstes Wesen in meine Werke einzufügen. Sie haben auch in dieser Hinsicht Recht. Ohne die Hilfe der Malerei, ohne die »Vermittlung« von Malern hätte ich es nicht geschafft.

Aber Sie behaupten nicht, dass die Frage der Sprache überhaupt keine Rolle spielte, oder?

Es war nicht die Sprache als solche, sondern das, was ich als Abgrund zwischen den beiden Sprachen bezeichne, zwischen Arabisch und Französisch, einen Abgrund, der den gähnenden Abgrund zwischen zwei Gesellschaften widerspiegelt, die immer noch Seite an Seite leben, einander aber beharrlich den Rücken zuwenden. Ich habe es oft gesagt. Die Erziehung, die ich von meiner Mutter und anderen Verwandten erhielt, basierte auf zwei unumstößlichen Regeln: Erstens, sprich nie über dich selbst; und zweitens, wenn es sich gar nicht vermeiden lässt, so sprich zumindest »anonym«.

Anonym? Ich glaube, das müssen Sie für Leser, die nicht aus dem Maghreb stammen, näher erläutern. Wie streng war dieses Tabu? Und galt es nur für eine gemischte Gesellschaft?

Das Tabu gilt auch heute noch, und zwar sogar dann, wenn Frauen unter sich sind. Werfen Sie einen Blick auf »Fantasia«. Wenn Frauen unter sich sind, dürfen nur die älteren reden, die jüngeren müssen schweigen. Diese Generationenordnung ist für Männer genauso obligatorisch. Die älteren Männer haben immer den Vorrang vor den jüngeren, die oft überhaupt nicht zu Wort kommen.

Anonymes Sprechen bedeutet, dass man nie die erste Person Singular benutzen darf. Als ich nach dem Krieg nach Hause kam, lebte ich im Haushalt meiner Schwiegermutter in einem sehr traditionellen Milieu. Sobald ich mit einer Gruppe Frauen allein war, stellte ich Fragen, wollte persönliche Meinungen oder persönliche Einzelheiten erfahren. Aber die Frauen reagierten immer äußerst zurückhaltend, unabhängig von ihrem Alter. Es kam ihnen so vor, als wollte ich herumschnüffeln; es kam ihnen anstößig vor. Ich hingegen hatte auch im Westen Erfahrungen gesammelt, westliche Verhaltensweisen angenommen. Wenn ich einen Roman schreibe, muss ich die entgegengesetzte Strategie anwenden: Um eine westliche Erzählung zu schreiben, muss ich subjektiv reden, das heißt in der ersten Person. Damals habe ich begriffen, dass das Problem über den territorialen Aspekt dieses Abgrunds zwischen den beiden Sprachen weit hinausgeht. Zwischen »Alouettes« (1967) und »Fantasia« (1985) lagen achtzehn Jahre, und innerhalb dieses Abgrunds dienten »Die Frauen von Algier«, wie Sie selbst gesagt haben, als Wegweiser zu einem neuen Territorium.

Ich habe immer vermutet, dass es der Film war, der Ihnen den Durchbruch ermöglichte. Indem Sie lernten, einen Film zu machen, lernten Sie auch, auf eine neue, andere Art zu schreiben.

Der Film war ein entscheidender Faktor. Nach den zwei Jahren Filmarbeit, in denen ich vor allem Augen und Ohren eingesetzt hatte, begann ich die erste Erzählung, »Die Frauen von Algier in ihrem Gemach«, und schrieb sie außerordentlich schnell nieder, obwohl ich zehn Jahre lang nichts veröffentlicht hatte. Wie Sie wissen, sollte die Geschichte ursprünglich als Keimzelle für das nächste Filmprojekt dienen, einen Film über die städtischen Frauen von Algier. Es war als Gegenstück, als Ergänzung zu »La Nouba des femmes du Mont Chenoua« gedacht, einem Film über die bäuerlichen Frauen im Hinterland.

Und was ist aus diesem Filmprojekt geworden?

Mein Privatleben nahm eine andere Wendung. Ich heiratete meinen zweiten Mann, einen algerischen Dichter, der in Paris lebte. Wenn ich diesen zweiten Film gedreht hätte, hätte ich nach Algerien zurückkehren und vielleicht zwei Jahre meines Lebens in das Projekt investieren müssen. Filmproduktion ist eine ziemlich langwierige Prozedur. Stattdessen kehrte ich mit großer Erleichterung und Freude zum Schreiben zurück: Ich hatte wieder die Kontrolle. Diesmal nahm ich weder die Position einer beobachtenden Außenseiterin ein noch die einer algerischen Frau oder eines kolonialisierten Wesens. Ich definierte mich selbst als Blick, ich wollte meinen ureigenen Raum auf ganz bestimmte Weise betrachten. Das wäre auch der Ausgangspunkt meines Films über Algier gewesen.

Eine Vielzahl von Blicken – darum geht es ja auch in Delacroix' Gemälde »Die Frauen von Algier in ihrem Gemach«. Wer sieht wen an? »Fantasia« beginnt auf ganz ähnliche Weise. Ich würde das Ihre Matrixszene nennen. In »Fantasia« hat sich ganz Algier auf den Wällen versammelt, Männer, Frauen, Kinder, alle starren die mit der Flut einlaufenden Schiffe der Invasoren an, während diese Invasoren ihrerseits an Deck stehen und die Stadt anstarren, die sie erobern wollen. Wer ist Subjekt, wer Objekt: Wissen sie es selbst?

Sie haben völlig Recht. Ohne die Filmerfahrung, die meiner Schriftstellerei den Blick einer Filmemacherin verlieh, hätte ich das nie geschafft. Das Filmen gab dem Schreiben eine bestimmte Sicht der Dinge, und Französisch wurde meine Kamera. Im Gegensatz dazu beginnt meine Filmarbeit immer mit dem Ton. Die Musikkundlerin, die sich so für alte Lieder begeistert – sehr lange Zeit war ich sie, oder sie war ich. Ich ging oft ins Institut, um mir alte Volkslieder aus Laghouat oder Tlemcen anzuhören. Und jetzt fällt mir auch ein, dass ich – als ich Geschichte unterrichtete – immer auch mündliches Material verwendete, fast ohne darüber nachzudenken.

Sind die starken weiblichen Vorfahren, denen Sie Ihre Reverenz erweisen, für Ihren Feminismus verantwortlich?

Für mich war Feminismus von jeher mit der Frage der Sprache verknüpft, aber nicht nur mit der französischen. »Die Frauen von Algier« waren meine erste Antwort auf die offizielle Politik der Arabisierung, die ich verabscheue. In meinen Filmen habe ich mit den verschiedenen Versionen der arabischen Sprache in

Algerien experimentiert. Ich hatte für »Nouba« einen arabischen und einen französischen Soundtrack. Ich lebte in der Sprache des Hinterlands, eine Erfahrung, die in krassem Gegensatz zu den gegenwärtigen Bestrebungen steht, dem Land eine Version des klassischen Arabisch aufzuzwingen, diese »Arabisierung von oben«, die für mich das linguistische Äquivalent von Krieg verkörpert. Das offizielle Arabisch ist eine autoritäre Sprache, eine Sprache der Männer. Wie Sie selbst gesagt haben, gibt es in meinem fiktiven Universum nur sehr wenige gute Männer. »Die Frauen von Algier« ist eine Welt ohne Männer.

Zumindest kann man sagen, dass Sie mit den Männern hart ins Gericht gehen. Nehmen Sie nur einmal den Enkel in Ihrer Lieblingsgeschichte »Die Toten sprechen«.

Nun, ich bin an meinem richtigen Geburtstag, am 30. Juni, zurückgekommen, buchstäblich am Vorabend der Unabhängigkeit. Wie Sie sich vorstellen können, habe ich eine ganze Anzahl dieser Guerillakämpfer kennen gelernt, die sich nach ihrer glorreichen Heimkehr in Apparatschiks verwandelten.

So unsympathisch einige von ihnen auch dargestellt sind, so großzügig und oft sogar mitleidig können Sie andererseits zu Männern sein. Nehmen wir wieder »Die Toten sprechen«.

Sie sind selbst viel zu großzügig. Mein Mitleid erschöpfte sich im Grunde darin aufzuzeigen, dass weder Männer noch Frauen imstande gewesen waren, die Nabelschnur zu durchtrennen, die sie an eine übermäßig schmerzhafte Vergangenheit kettet. Sie können es immer noch nicht. Deshalb haben meine Frauen auch keine Kinder.

Wie Sie ja wissen, wurden Sie wegen Ihrer erniedrigenden Porträts von Frauen angegriffen, die – ständig schwanger (oder über ihre Kinderlosigkeit verstört) – den fruchtbaren Leib glorifizieren, der doch gerade entscheidend zu ihrer Unterdrückung beiträgt.

Wenn ich an den weiblichen Körper denke, so sehe ich ihn nicht als gebärfähigen, sondern als erotischen Körper. Während ich »Die Frauen von Algier« schrieb, interessierten mich andere Themen viel mehr: beispielsweise das Problem der Sprache, der Status der Berbersprache und der Berberkultur. Mich bewegte die Frage, wie man den Zusammenhang zwischen dem geschriebenen Wort und der Stimme erforschen konnte – besonders der Frauenstimme. Das war eine außerordentlich fruchtbare Periode meines intellektuellen Lebens. Ich pendelte zwischen Paris und Algier hin und her, und dabei dachte ich ständig über die Möglichkeiten eines Dialogs zwischen einer Europäerin und einer Algerierin nach, über die Modalitäten eines solchen Dialogs. Schauen Sie sich an, was in »Die Frauen von Algier« passiert. Es ist die Algerierin, die der Französin zu Hilfe kommt, während wir zu jener Zeit tagtäglich zu hören bekamen, dass »die Feministinnen aus dem Westen«, wie sie ehrerbietig genannt wurden, uns, den moslemischen Frauen, etwas extrem Wichtiges zu geben hätten, dass sie uns etwas beibringen könnten, dass ihre fertigen Rezepte uns retten könnten.

Kontinuität oder Diskontinuität: Sehen Sie denn einen radikalen Bruch, der durch Ihren neu gefundenen Feminismus bewirkt wurde?

Kontinuität oder Diskontinuität? Zwei lange Jahre hindurch, als ich den Film drehte, hatte ich ehrfürchtig und verwundert meine eigene Region betrachtet, jene Region, die Camus in »Noces« (dt. »Hochzeit des Lichts«, 1937) beschrieben hatte. Doch während ich alles beanspruchte, einschließlich des Hinterlands, erfasste Camus nur die Küste. Ich besaß das Ganze, all die vielen Landschaften und die vielen Gesichter. Es war ein Glück sondergleichen, meinen eigenen Raum wiederzufinden. Die Kamera bewegte sich ständig zwischen Vergangenheit und Gegenwart hin und her.

Doch ich sehe auch das Doppelregister in meiner Schriftstellerei, die Diskontinuität. Beispielsweise steht Sarahs westliche Stimme in Gegensatz zur Stimme der Wasserträgerin. Das hing mit einem wachsenden Gefühl der Enttäuschung über mein eigenes Land zusammen, das meinem Werk bisher unbekannt gewesen war, ein Gefühl, das von Verzweiflung nicht allzu weit entfernt war. Als ich 1977 ein Jahr lang im Hinterland arbeitete, hatte ich eine neue Schranke entdeckt. Materiell lebten die Bauern besser, als sie es unter den Kolonisatoren je getan hatten, aber ihr besseres Los ging einher mit einer allgemeinen rigorosen Rückkehr zur Praxis, die Frauen einzusperren. Als ich »Die Frauen von Algier« schrieb, verstand ich plötzlich, dass ich nun festen Grund unter den Füßen hatte. Eine ganze Menge ist gesagt worden: beispielsweise, dass ich die Absicht gehabt hätte, meine früheren Romane zu widerrufen. Die Leute, die das behaupten, wissen nicht, wovon sie reden. Meine früheren Romane sind gut konstruierte, straffe Geschichten. Ich habe oft erklärt, dass ich mein reales Leben darin ausgeklammert hatte. Deshalb finden manche Leute, dass ich die ersten drei Romane ausstreichen und behaupten sollte, meine eigentliche Karriere hätte mit »Alouettes« begonnen. Das tue ich nicht.

Darf ich es dann wagen, die Frage nach Françoise Sagan zu stellen?

Wagen Sie das ja nicht! Es ist lange her, dass jemand mich als zweite Sagan bezeichnet hat. Wer mich liest, weiß genau, dass unsere Arbeiten gar nicht unterschiedlicher sein könnten. Wir hatten denselben Verleger, das ist alles. Ich spiele diesen eigenartigen Zufall am liebsten herunter. Die Kritik, die damals auf mich herabregnete, berührte mich kaum. Nachdem mein Mann von der Polizei gesucht wurde, lebte ich ständig in solcher Unruhe, dass ich dachte, die Revolution – Korrektur, ich verwende diesen Ausdruck nie, ich sage immer »der algerische Krieg« –, der Krieg sei so sehr ein Teil meines Alltagslebens, dass ich außerstande wäre, ihn in Literatur zu verwandeln. Ich möchte eines klarstellen: Ich habe den Ausdruck »Revolution« nie benutzt, nicht einmal zu jener Zeit, als er in aller Munde war, in der Öffentlichkeit ebenso wie im privaten Rahmen. Mit dieser Auslassung möchte ich sagen, dass es das ist, was ich unter Form verstehe, eine gewisse Härte und Präzision des Denkens. Das bezweckte ich mit »Durst«; und in »Die Schattenkönigin« kam ich darauf zurück. Man könnte es eine Ethik nennen.

Wenn man einmal von Ihrer Ausbildung zur Historikerin absieht – was hat sonst noch zu Ihrer Berufung beigetragen?

Die Jahre an der höheren Schule waren für mich eine kritische Zeit, denn ich lebte sieben Jahre im Internat und durfte nur einmal in der Woche nach Hause, in das kleine Dorf, wo mein Vater unterrichtete. Unter vier- oder fünfhundert Schülerinnen gab es nur drei oder vier Algerierinnen. Meistens war ich in meinen Klassen die einzige Algerierin, weil ich den schwierigsten Lehrplan gewählt hatte (den Elite-Lehrplan, wie wir zu sagen pflegten). Ich hatte gebeten, Arabisch als Fremdsprache lernen zu dürfen, aber mir wurde gesagt, das sei nicht erlaubt. Um es ihnen zu zeigen, wählte ich daraufhin die schwersten Fächer: Griechisch und Latein. Ich konnte einer Herausforderung nie widerstehen.

Ich durchlebte diesen ganzen Aspekt der Kolonisation, ohne viel Aufhebens davon zu machen. Aber in meinem dritten Schuljahr passierte zweierlei, was für mich von großer Bedeutung war: Ich freundete mich mit der Tochter eines italienischen Siedlers an, und gemeinsam entdeckten wir die Literatur. Wir stolperten über die veröffentlichten Briefe von Alain Fournier an Jacques Rivière, leidenschaftliche Streitgespräche über das Wesen der Literatur. Natürlich war es für sie eine Art Sport: Sie stritten über den frühen Claudel, über Mallarmé, über den frühen Gide – mit anderen Worten, über die Avantgarde ihrer Zeit, über Schriftsteller, von denen unsere Lehrer behaupteten, sie wären für uns viel zu schwierig. Ihre Leidenschaft hat mich sehr nachhaltig beeinflusst.

Wie schätzen Sie Ihre eigene Karriere ein? Lesen Sie Ihre eigenen Werke gern wieder?

Daheim, in Algerien, wurde mein erster Roman als unbedeutend eingestuft. Meine Kollegen an der Universität erwähnten meine Romane nie, oder sie erklärten leicht herablassend, dass ihre Frauen diese Romane lesen würden. Ich brauchte ziemlich lange, um zu erkennen, dass das rein emotionale Reaktionen gegen alles waren, was von einer Frau stammte. Ich lese meine eigenen Werke nicht wieder, aber ich erinnere mich sehr genau an meine jeweiligen Absichten. Bei »Die Frauen von Algier« hatte ich mich insofern verkalkuliert, als ich ein algerisches Publikum im Auge hatte, das ich leider nicht erreichte. Sie dürfen nicht vergessen, dass dieses Buch in Algerien nicht erschienen ist. Ich wurde sogar gefragt, wozu ich es eigentlich einem feministischen Verlag angeboten hätte. Die Leute hatten ihre festen Vorstellungen, wer ich sein sollte und wer nicht. Nun, nach »Fantasia« mussten sie ihre Einstellung ändern. Ich war plötzlich die Autorin eines Werks, das *Révolution Africaine* – bitte erlauben Sie mir zu zitieren, ich kann einfach der Versuchung nicht widerstehen – zum »wichtigsten Buch des Jahrzehnts« erkoren hatte.

Ich war nicht mehr jemand, den man gönnerhaft behandeln konnte.

Werden Sie diesseits und jenseits des Mittelmeers auf verschiedene Weise gelesen? Gibt es Kulturspezifische Leserreaktionen?

Ich habe das Paradoxe daran damals nicht verstanden, aber eine Nachbarin in Frankreich sagte mir kürzlich, dass ihre Freundinnen sich immer noch an die Veröffentlichung von »Die Frauen von Algier« erinnern, dass es für sie »ein wichtiges Ereignis« war. Mir war gesagt worden, dass Kurzgeschichten sich in Frankreich kaum verkaufen lassen. Dass meine nun so erfolgreich waren, rief großes Erstaunen hervor, um so mehr als die französischen Leser mich seit »Alouettes« vergessen hatten. So gesehen, ging die Presse ziemlich großmütig mit mir um, indem sie es mir selbst überließ, wie ich für mein Buch Reklame machen wollte. Ich lehnte mehrere Interviews ab, wo Journalisten mich in ihren Shows über »die traurige Situation der algerischen Frau« haben wollten, obwohl sie selbst das Buch nicht einmal gelesen hatten.

Dann kam »Fantasia«. Es war nicht zu übersehen, dass – obwohl die Reaktionen der Fachleute positiv waren – nur wenige ein solches Buch von mir erwartet hatten. Was mich am meisten bewegte, waren die Reaktionen der ganz normalen Leser, die oft aus Afrika oder dem Maghreb ins Exil gegangen waren und mir schrieben oder weite Wege in Kauf nahmen, um mich zu treffen. Tatsächlich waren es Männer, die sich von der Frage der Sprache betroffen zeigten, warum, weiß ich auch nicht. Ich spreche nicht von ein, zwei Männern, sondern von sechs oder sieben, die – unabhängig voneinander – dazu Stellung nahmen. Ein syrischer Leser sagte sogar: »Nur Marguerite Duras kann die Frage der Sprache mit ebensolcher Kraft anpacken.« Ich war zwar geschmeichelt, aber ich sehe da keinen Zusammenhang.

O doch, ich schon. Sie dürfen sich nicht an Duras' Aspekt eines agent provocateur *des Feminismus stören. Denken Sie vielmehr an ihre Verwendung des Schweigens als Stilelement, an all die unbewussten Antriebe, die an die Oberfläche sprudeln, fast wie bei einem Proust, der beschlossen hätte, Minimalist zu werden.*

Mein Lieblingswerk von Duras ist »Le ravissement de Lol Z. Stein« (dt. »Die Verzückung der Lol Z. Stein«, 1964). Über ihre anderen Werke könnte ich Vorlesungen halten, weil ich mir einen kritischen Abstand zu ihnen bewahren kann, aber nicht bei diesem Roman. Er berührt mich einfach zu sehr. Ist es Ihnen schon einmal aufgefallen? Von den »drei großen Damen der französischen Literatur« – Duras, Sarraute und Yourcenar – ist keine in Frankreich geboren, keine hatte eine französische Kindheit; Außenseiterinnen alle drei.

Haben Sie das Gefühl einer geistigen Verwandtschaft mit Duras, die ja auch Filme macht, genau wie Sie? Der Einfluss des Blicks auf das geschriebene Wort?

Ich bin eher von Yourcenar beeinflusst worden, weil auch sie sich intensiv mit Geschichte beschäftigt. Ihr Stil ist kompakt, auf altmodische Weise, aber er gefällt mir. Was Duras betrifft, so berührt mich diese körperlose Stimme, die sich am Rand der Selbstzergliederung befindet. Kurz gesagt, ich lese beide, aber ich habe nicht den Wunsch, mit ihnen zu wetteifern oder sie zu imitieren – nicht dass ich wüsste.

Die französische Literatur hat für mich – Pardon, ich weiß, dass sich das schrecklich anhört – nichts mit lebenden Schriftstellern zu tun: Es sind die toten, die ich verehre! Natürlich habe auch ich meine Proust-Periode gehabt. Aber ich liebe besonders Dichter wie Henri Michaux, René Char, die ich mit meiner italienischen Freundin im Internat entdeckt habe. Die Existenzialisten musste ich während meines ersten Jahres an der Universität bis zum Überdruss pauken. Ich nehme an, dass ich mich deshalb nie für sie begeisterte. Zu Beginn des Krieges wurde von pflichtbewussten Revolutionären erwartet, dass sie vorbildliche Ehepaare wie Sartre/Beauvoir oder Aragon/Elsa bewunderten. Für die algerischen Brüder war Aragon der Victor Hugo der Revolution [sie lacht]. Aber für mich kann es zwischen Politik und Kunst keinen Berührungspunkt geben – obwohl ich Aragons »Le fou d'Elsa« bewundere. Ich kann nicht auf diese Weise lesen, weil ich nicht auf diese Weise schreiben kann, nehme ich an. Wenn die Brüder mich deshalb nach meinen Lieblingsschriftstellern fragten, nannte ich Ausländer. Am wichtigsten war – und ist – Cesare Pavese. Die französischen Übersetzungen von Pavese erschienen, als ich in Frankreich studierte, 1956 oder 1957, und sie waren für mich eine Offenbarung. Dort fand ich meine eigenen Landschaften, meine Kindheit, die gleichen Menschentypen und Bräuche, wie ich sie aus meinem Dorf kannte. Von allen Europäern stehen mir seitdem die Italiener am nächsten; ihre Schriftsteller sind in mir heimisch.

Vielleicht können Italiener Ihre Werke besser verstehen, weil sie unbeschwert von der nordischen Last der französischen Intellektuellen sind, die dazu neigen, ein kühles kartesianisches Gitter über ihre südlichen Emotionen zu legen, oder zumindest vorgeben, das zu tun.

Das habe ich festgestellt, als ich meinen Film in Venedig präsentierte. Meine ersten ernsthaften Beziehungen mit europäischen Frauen, das waren Filmemacherinnen, deutsche und italienische Regisseurinnen. Besonders die italienischen Feministinnen stammen aus allen Gesellschaftsschichten. Sie dachten sich mit einer Großzügigkeit und Wärme in meine Filme hinein, die mir in Frankreich nirgends zuteil wurde. Franzosen konnten ohne weiteres akzeptieren, dass eine Frau Frauen sezierte, aber sie konnten nicht tolerieren, dass ich die koloniale Geschichte sezierte: ihre koloniale Geschichte. Die Italiener und Deutschen unterhielten sich mit mir stundenlang über Filme, auch über technische Fragen. Der Zusammenhang zwischen Ton und Bild, den ich in Filmen entdeckte, gab mir den Mut, die Tetralogie zu beginnen.

Inwiefern?

Sie wollen mich nach dem Auslöser fragen? Ich habe meine historischen Forschungen über das neunzehnte Jahrhundert keine zwei Wochen nach Fertigstellung meines zweiten Films begonnen. Die Archivdokumente, die ich durcharbeitete, lieferten mir die Anhaltspunkte, die ich brauchte, um mich in Fantasia zu vertiefen, weil es sich um eine ähnliche Montagetechnik handelte. Denken Sie an den Satz, den ich im Kommentar zu »La Zerda ou les chants de l'oubli« verwende: »Maler und Fotografen kommen immer, nachdem die Schlacht geschlagen ist.« Ich wollte damit sagen, dass Bildarchive nur bedingt geeignet sind, uns in die Vergangenheit, in die Erinnerung zurückzuführen. Deshalb beschloss ich, die französische Sprache zu verwenden, um die Kette gewalttätiger Bilder zurückzuverfolgen – einschließlich der Gewalt, die nicht vor laufenden Kameras geschieht –, so als betrachte man die Eroberung von beiden Seiten zugleich. Aber der andere Auslöser war, wie bereits gesagt, die plötzliche Erkenntnis, dass ich nie die französische Sprache benutzt hatte, um von Liebe zu sprechen. Ich schlug alle Wörter über Liebe, die ich kannte, in einem arabischen Wörterbuch nach, und ich begann mich zu fragen: Wer bin ich eigentlich? Eine Berberin? Eine Araberin? Ich war eine französischsprachige Schriftstellerin, aber wer oder was war ich im wirklichen Leben? Es gab eine Zone des Schweigens, bewohnt von Wörtern der Liebe, die ich nur auf Arabisch sagte und in meiner Erinnerung sicher verwahrte. Eines Morgens schrieb ich dann die berühmten ersten Zeilen von »Fantasia«, die meinen formellen Eintritt in die französische Sprache beschrieben: »Ein kleines arabisches Mädchen geht zum ersten Mal zur Schule, an einem Herbstmorgen, an der Hand ihres Vaters.«

Mit »Fantasia« wollte ich meine eigene Biografie wiederherstellen, und zu diesem Zweck musste ich erst meinen Konflikt mit der Sprache beilegen. Damals begriff ich, dass die französische Sprache für mich nichts mit Sartre oder Camus zu tun hatte. Für mich ist Französisch die Sprache jener Leute, die als Eroberer in mein Land kamen. Jene wenigen ersten offiziellen Eroberer – sie kamen, sie töteten, sie eroberten. Sie schreiben und töten, während sie schreiben – im Akt des Schreibens. Bevor ich in mein gegenwärtiges Leben eintauchen und meinem eigenen Ich Ausdruck verleihen konnte, musste ich deshalb die Kindheit dieser Sprache beschreiben, die mich strukturiert. In »Fantasia« beschwöre ich folglich die Sprache der Eroberung im neunzehnten Jahrhundert in engem Zusammenhang mit jener des kleinen Mädchens, das sie zum ersten Mal schreiben lernt.

Diese überragende Bedeutung, die Sie der Struktur, der inneren Logik symbolischer Muster in Ihren Geschichten einräumen – ist das eine Weiterentwicklung der straff konstruierten Romane, mit denen Sie Ihre schriftstellerische Karriere begannen?

Ja, ich hätte Architektin werden sollen [sie lacht]. Als ich vor nicht allzu langer Zeit meine Romane in Deutschland vorstellte, stellte ich fest, dass ich für die Tetralogie architektonische Metaphern benutzte. »Fantasia«, der erste Band, ist der Eingang in ein traditionelles arabisches Haus – Sie wissen schon, das Vestibül für Besucher, gleich wenn man von der Straße hereinkommt, nicht der Patio, der private Innenhof, der für die Frauen reserviert ist, sondern der kleine Hof, der dorthin führt. »Die Schattenkönigin«, der zweite Band, das sind die privaten Innenräume, wo die Frauen ganz unter sich sein können. Und was den dritten Band »Weit ist mein Gefängnis« betrifft: Im traditionellen Haus pflegten Frauen – auch Sie haben das bestimmt oft getan – auf die Dachterrassen zu steigen, um ihre Blicke in die Ferne zu richten, auf den Horizont. Ich steige hinauf in die Zeit vor der französischen Eroberung, und dann tauche ich wieder in das autobiografische Kindheitsmaterial von »Fantasia« ein, aber von einer anderen Perspektive aus.

Im vierten Band werde ich noch weiter in die Vergangenheit vorstoßen, in die Zeit vor der französischen Eroberung. Es ist die Geschichte von Palastrevolten, türkischen Deys, machiavellistischen Verschwörungen und Gegenverschwörungen – Machtspielen im Mittelmeerraum, an denen die Franzosen überhaupt nicht beteiligt sind.

Was wäre passiert, wenn Sie unter Ihrem eigenen Namen geschrieben hätten? Haben Sie je daran gedacht, nachdem man Sie sowieso entdeckt hatte?

Ich bin oft gefragt worden, warum ich nicht den Namen meines Vaters beibehalten habe, »Imalayène«, der herrlich berberisch ist. Damals war ich aber regelrecht von der Idee besessen, dass meine Eltern mich nicht entdecken durften. Außerdem dachte ich, der Name könnte für einen Bucheinband viel zu lang sein. Ich überlegte auch, ob ich den Namen meiner Mutter benutzen sollte: »Sarahoui«. Ich hätte den Namen meiner Mutter beansprucht, so wie andere in früheren Zeiten den Clan-Namen zu beanspruchen pflegten. Aber in Mutters Kultur und Tradition wäre das – wie Sie in »Nouba« sehen können – als Prahlerei angesehen worden. Ganz Cherchell hätte sofort die Zusammenhänge erraten. Das wollte ich ihr ersparen. Deshalb blieb ich bei Djebar. Jedes Mal, wenn ich ein Werk beende und mit meiner Unterschrift versehen muss, bin ich versucht, die korrekte Schreibweise zu benutzen, entscheide mich dann aber doch dagegen. Irgendwie gefällt mir der Gedanke an diesen Buchstaben, der sich zwischen zwei Sprachen und zwei Kulturen verbirgt. Meine letzte – aber nicht unwichtigste – Motivation ist folglich die Tatsache, dass ich auch ein Abkömmling des Clans meiner Mutter bin und bleibe. Ich bin eine Tochter von Cherchell, jener Stadt, die für mich Algeriens wahre Hauptstadt ist – vor der Zeit der türkischen Deys, vor Algier, König Joubas Caesarea –, und deshalb werde ich das vierte Buch vielleicht »Les oiseaux de la mosaïque« (»Die Vögel des Mosaiks«) nennen.

Sie beziehen sich dabei auf all die herrlichen Mosaiken, die in Cherchell und Tipasa gefunden wurden?

Römische Mosaiken und libysche Statuen, die unsere Eroberer in den Louvre verfrachtet haben. Ich sehe all diese Statuen nackter Frauen aus früheren Jahrhunderten vor mir, die aus dem Boden meines Heimatlandes zum Vorschein kamen. Ich sehe vor mir, wie unsere Männer sie nach der Ankunft der Franzosen ausgraben, aber außerstande sind, sie zu betrachten. Für sie sind das nur nackte heidnische Statuen, und doch sind das unsere Großmütter. Ihre Enkelinnen dürfen heute, von Kopf bis Fuß in dichte weiße Schleier gehüllt, nur nachts das Haus verlassen, einmal wöchentlich, für den rituellen Besuch der türkischen Bäder. Diese Vögel, die in den schweigenden Mosaiken der Vergangenheit gefangen sind, sind doch – da bin ich mir sicher – die Reinkarnation der »Alouettes naïves«, der naiven Lerchen. Sie haben den Kreis geschlossen.

Ja, ich bin auf die Frage nach der Frau zurückgekommen. Wie Sie sagen – es gibt kein zufälliges Symbol.

Clarisse Zimra

Gekürzte Fassung des Nachworts zur amerikanischen Ausgabe von »Die Frauen von Algier«.
Der vollständige Text auf Internet: www.unionsverlag.ch

Assia Djebar im Unionsverlag

Fantasia
Ein Roman wie ein Film, eine Autobiographie wie ein Geschichtsbuch. Berichte von der Eroberung Algeriens im neunzehnten Jahrhundert vermischen sich mit Erinnerungen an eine Kindheit in der verschlossenen Welt der Frauen. »Ein Lesegenuss ersten Ranges. Die Sprache tanzt. Bilder, die atmen. Stimmen und Gesänge, Schreie und Flüstern, Murmeln und Stammeln.« *Badische Zeitung*

Fern von Medina
Aus alten Chroniken erweckt Assia Djebar siebzehn Frauengestalten aus der Zeit des Propheten Mohammed zum Leben. Ein packender Geschichtsroman und gleichzeitig die Korrektur einer über Jahrhunderte verzerrten Tradition, aber auch die Rehabilitierung der islamischen Frau und ihrer Geschichte.

Die Frauen von Algier
Nach dem Besuch in einem Harem malt Delacroix 1832 sein Meisterwerk »Frauen von Algier in ihrem Gemach«, das einen Blick in eine verbotene Welt wirft. Assia Djebar greift das Thema wieder auf und zeigt Frauen, die in einer Ära des Umbruchs an den starren Traditionen zu zweifeln beginnen.

Nächte in Straßburg
Eine Frau erlebt mit ihrem Liebhaber neun Nächte voll sinnlicher Trunkenheit, aber auch geteilter Erinnerungen. Selbst in den lustvollen Stunden können unter der Oberfläche beklemmende Schatten der Vergangenheit aufbrechen wie schlecht verheilte Wunden.
»Diese wunderbaren Zeugnisse der Sinnlichkeit schreibt Assia Djebar mit leichter Hand – hemmungslos, selbstbewusst und sehnsüchtig.«
Christiane Falksohn, Saarländischer Rundfunk

Oran – Algerische Nacht
Frauen berichten von der alltäglichen Gewalt im Algerien der Gegenwart, aber auch von den Brücken, die durch die Lebensgeschichten zwischen Europa und Nordafrika geschlagen werden. »Den alltäglichen Terror und die Angst der Menschen vor Anschlägen vermittelt Djebar eindringlich, mit erschütternden Bildern.« *Stefanie Richter, Der Spiegel*

Assia Djebar im Unionsverlag

Die Schattenkönigin
Isma und Hajila – die zwei gegensätzlichen Frauen des gleichen Mannes. Die eine, lange schweigsam und passiv, entschließt sich zur Flucht. Die andere verharrt in den Erinnerungen an die gemeinsamen Nächte voller Liebe und Lust. Ihre Geschichten verknüpfen sich. »Dem Reiz eines solchen Buches kann man sich kaum verschließen.« *Kölner Illustrierte*

Weißes Algerien
Mit ihren Erinnerungen an die Toten Algeriens beschwört Assia Djebar ein genau beobachtetes Bild der neueren Geschichte Algeriens, an der sie selbst engagiert teilhat.
»Die algerische Tragödie hat durch Assia Djebars erschütternden Bericht ein neues Gesicht bekommen – das Gesicht von Menschen und Schicksalen, die bisher in der Anonymität der Zahlen und Statistiken untergegangen sind.« *Stuttgarter Zeitung*

Weit ist mein Gefängnis
Dieser Roman wächst aus dem Raunen der Frauen und dringt in vergangene Epochen vor. Jede Welt öffnet eine Tür, und dahinter liegt eine noch ältere verborgen. Assia Djebar erschließt autobiografisch als auch historisch das Algerien, das tief in ihr verborgen liegt. »In diesem Roman führt sie ihre wichtigsten Themen und Motive zusammen: Die Identität der Frau in der islamischen Gesellschaft, die Suche nach anderen Traditionen, das Hohelied weiblichen Aufbegehrens.« *Frankfurter Allgemeine Zeitung*

Die Ungeduldigen
»Ungestüm kommt er daher, dieser frühe Roman von Assia Djebar. Nicht nur, dass darin eine arabische Studentin, Dalila, stürmisch gegen Tradition und Familie aufbegehrt, sich als Frau alleine auf die Straße wagt und heimlich eine Liebesbeziehung eingeht. Nein, auch die Sprache der Ich-Erzählerin ist leidenschaftlich, stolz und impulsiv.«
Ulrike Jamin, BuchJournal